LE PIRE CONCERT DE L'HISTOIRE DU ROCK

MANU CAUSSE

Roman

Illustration de couverture
de Benjamin Courtault

EDITIONS THIERRY MAGNIER

Né au début des années 70, Manu Causse a grandi dans le sud-ouest avec la ferme intention de devenir une rock-star internationale. Les spectateurs des groupes de rock auxquels il a participé n'étant pas tout à fait du même avis, il s'est rabattu sur l'enseignement du français, avant de se consacrer entièrement à l'écriture depuis 2005. On peut encore parfois entendre chanter ses guitares (et crier ses voisins) du côté de Toulouse.

Traducteur, auteur de recueils de nouvelles et de pièces de théâtre pour adultes et adolescents, il a également écrit plusieurs romans bilingue comme *Roméo@Juliette*, *Solo Rock* ou *My Love, Mon vampire* aux éditions Talents Hauts. Il travaille actuellement sur différents projets de spectacles et de romans. On peut le suivre sur internet :
www.manucausse.blogspot.fr

Pour Yannick et ses archets magiques.

Pour François, Éric, Tristan
et Conseil de Discipline.

Pour Martin, Solal, Élie, Yaëlle,
nos quatre fantastiques et coscénaristes.

1
L'homme invisible

Mon jeu préféré a pour nom *L'Homme invisible.* Je suis sans doute le meilleur joueur au monde. Il faut dire que c'est moi qui en ai inventé les règles. Et que pour ce que j'en sais, je suis le seul à y jouer.

Jusqu'à l'année dernière, c'était facile. Pas de problème pour jouer. Les conditions s'y prêtaient. J'étais en 5e à Paris, dans le 12e arrondissement. Un collège gigantesque, avec six cours de récréation, des kilomètres de couloirs et des centaines d'élèves de tous les âges, de toutes les origines et de tous les niveaux. Résultat : pendant les cours et les interclasses, je disparaissais. Comme ça. Je devenais transparent. Invisible.

Oh, ça n'a rien de compliqué. Aucune magie là-dedans. Il suffit d'être plutôt petit, fluet. Pas trop non plus. Juste la moyenne. Le mieux, c'est des cheveux châtains, ni trop longs ni trop courts. Des yeux ni bleus, ni noirs, ni verts. Trop remarquable. Marron, c'est l'idéal. Comme une feuille d'automne. Ou de la terre. Ou un sac en papier. Enfin, quelque chose qui n'attire pas l'attention.

Pas d'appareil dentaire – ou alors le plus discret possible. Rien qui vous fasse sortir du lot. Signe distinctif : néant.

Au niveau scolaire, quel que soit votre niveau réel, vos capacités et votre intelligence, pas de bonnes notes, pas de mauvaises non plus. Il faut être un élève moyen. Un de ceux dont les profs se demandent toujours, à la fin du trimestre, quelle appréciation ils vont inscrire sur leur bulletin de notes.

C'est bien, mais peut faire mieux.

Ensemble satisfaisant. Davantage de participation attendue à l'oral.

Ils sont marrants, les profs. C'est plutôt facile d'échapper à leur radar. Il faut dire qu'ils en voient tellement, des élèves… J'imagine bien mon prof de français de l'année dernière, M. Denon, en train de se gratter la barbe pendant qu'il remplit les bulletins.

Leforestier, Leforestier… Mais quelle tête il a déjà, celui-là ? Ah oui, ça doit être le petit blond qui… ou le petit brun d'à côté ? À moins que ce soit le grand, au fond…

Et si, par acquit de conscience, il lui était venue l'idée de jeter un coup d'œil au trombinoscope que le prof principal remplit en début d'année, ç'aurait été peine perdue : ma photo n'y figurait pas. Tout ça au prix d'un ou deux retards judicieux et de quelques excuses prononcées d'une toute petite voix.

Oh pardon, monsieur, j'ai oublié.

J'ai donné ma dernière photo pour l'infirmerie.

Ma mère a dit qu'on en referait ce week-end. Sans faute.

Toujours ajouter « sans faute » à la fin. Les profs, ça les rassure.

Et puis, à force de lambiner, le mois de septembre s'écoule. Les profs ont mis des noms sur les têtes et plus personne n'ouvre le trombinoscope. Jusqu'au premier conseil de classe, où on se demande soudain, *Quelle tête il a, Leforestier ?*

C'est là qu'on s'aperçoit que la photo manque. Alors, on regarde la note – 12,5 de moyenne générale, aucune note en dessous de 10, aucune au-dessus de 14…

Sur le bulletin, le prof inscrit *Devrait participer davantage.*

Ce qui est une autre façon de dire : *Je ne sais pas à quoi ressemble l'élève Leforestier.*

Je n'exagère pas. J'ai des preuves. L'année dernière, aucun de mes profs ne m'a appelé par mon prénom. Pas une seule fois. Quand ils me parlaient, c'était par hasard, du genre : *Groslier, tu peux me dire combien font x-y ? Non ? Tu ne sais pas ? Et… euh… toi, à côté. x-y, ça fait combien ?*

Dans ces cas-là, il s'agit de pouvoir donner une réponse à la fois juste et un peu incomplète. Presque juste. Banale. Le but du jeu, c'est que le prof passe à quelqu'un d'autre. Et vous oublie instantanément. Bien entendu, être assis à côté d'un très bon élève (ou d'un très mauvais, d'ailleurs, pour les raisons inverses) peut constituer un atout. Il joue pour vous le rôle de paratonnerre.

Voilà comment on devient un Homme invisible et qu'on disparaît entièrement aux yeux des professeurs. C'est la partie la plus simple du jeu. Surtout dans une classe de cinquième avec trente élèves dont les trois quarts ne tiennent pas en place.

Dans les couloirs, c'est une autre affaire. Il faut jouer plus fin. Il ne faut pas avoir l'air trop seul. Les surveillants ont tôt fait de vous repérer. Il faut éviter les groupes trop nombreux, ou trop agités. Il ne faut pas rester immobile, pas regarder les gens dans les yeux, ni traverser la cour en plein milieu. Ce qu'il faut, c'est faire des détours. Raser les murs. Traîner si possible avec deux ou trois élèves de même profil, avec lesquels on peut facilement vous confondre.

Attention toutefois à ne pas rester toujours avec les mêmes, sous peine de devenir une *petite bande*. La bande, selon moi, présente autant d'inconvénients que d'avantages. D'un côté, elle offre un certain anonymat – *Entre Leforestier,*

Dutilleux et Berlioz, je ne sais jamais lequel est lequel. Mais d'un autre côté, c'est un peu comme les bancs de poissons dans l'océan. Ils attirent les grands prédateurs. Selon mes observations, les rassemblements d'élèves anonymes finissent toujours par se faire remarquer par les grands prédateurs du collège – à savoir, les troisièmes et certains quatrièmes.

Sans compter que dans un groupe, on risque toujours de développer des liens d'amitié avec les autres. Ce qui, à vrai dire, m'ennuierait un peu. Je préfère disparaître aux yeux de tous. Sans exception.

Question topologie, le CDI est un lieu propice pour se faire oublier. Dans mon collège, l'année dernière, j'y passais des heures, caché derrière un livre quelconque, en prenant soin de changer de temps à autre de fauteuil ou de table pour ne pas me faire remarquer par la documentaliste. Ça fonctionnait si bien qu'un soir elle a failli m'enfermer dans le CDI sans s'en rendre compte. Elle n'avait pas vu que je me trouvais là, dissimulé entre les étagères.

Je recommande également les salles d'étude et les recoins peu fréquentés des cours de récréation. Ce sont des emplacements de choix. On évitera en revanche les abords des portes, où se produisent toujours des bousculades ; le coin des toilettes où se retrouvent – allez savoir pourquoi – les élèves les plus turbulents.

De la même façon, on ne s'installera pas juste sous les fenêtres de la vie scolaire ou de la salle des profs. On fuit également les recoins trop à l'écart, où personne ne peut vous voir s'il vous arrive un problème.

Car devenir invisible ne signifie pas seulement se cacher, se mettre à l'écart. Au contraire, il faut jouer habilement de la foule, se fondre dans la masse. Il faut apprendre à être *transparent.*

Pour la tenue, je recommande un sac de classe de format moyen, trouvé en supermarché – mais qui imite assez bien les modèles à la mode. Surtout pas de cartable à roulettes, cible favorite des moqueurs. Des vêtements anodins, par exemple un jean et un t-shirt uni. Un blouson ou une veste à capuche qui peut le cas échéant dissimuler votre visage. Ajoutez des chaussures de sport sans marque, et vous voilà paré. Ainsi vêtu, vous êtes prêt – ou prête – à disparaître.

Porter des lunettes peut vous aider à jouer à l'Homme invisible, mais c'est une arme à double tranchant : elles risquent d'attirer l'attention si elles sont trop épaisses ou si elles présentent quoi que ce soit de fantaisiste.

Évidemment, n'importe quel adolescent sait qu'il ne faut jamais, au grand jamais, porter de lunettes fantaisie. Mais n'importe quel adolescent a également une mère. Et voilà bien le problème. Car c'est une vérité universelle : chez l'opticien, une mère choisit *toujours* les lunettes les plus atroces, sous prétexte que « les autres sont trop tristes ».

Les plus chanceux s'en tirent en coupant la poire en deux. En transigeant sur une paire à moitié fantaisiste – pas celle avec les motifs écossais mais celle avec les branches fluos… dont tout le monde va se moquer quand même.

Mais c'est comme ça : pour une mère, il est éthiquement impossible d'acheter des lunettes normales.

Pour ma part, et malgré ma myopie, j'ai donc choisi de ne pas en porter du tout. Comprenez : d'oublier confortablement mes lunettes *originales* au fond de mon cartable anonyme.

Et ça ne me gêne pas. Je me suis rendu compte que j'étais plus à l'aise quand le monde autour de moi est flou. D'accord, j'ai du mal à lire ce qu'il y a écrit au tableau et je dois plisser les yeux pour déchiffrer le numéro des bus ou les affiches. Mais je me sens davantage en sécurité. La myopie efface les contours de la réalité, et ça me convient très bien.

Leçon n° 1 de l'Homme invisible : ne pas voir, c'est déjà ne pas être vu.

J'ai donc passé la plus grande partie de ma 6e et l'ensemble ma 5e dans une brume confortable où personne ne m'a remarqué. Jamais. Et je pensais que ça continuerait.

Jusqu'au jour où mes parents m'ont annoncé que nous allions déménager. Quitter Paris pour la campagne.

Professionnellement, c'est très intéressant pour nous, tu sais. Mais toi, qu'en penses-tu ? Nous avons un peu peur que la ville te manque, et puis, tu vas perdre tous tes copains…

Mes copains ? Quels copains ? J'ai rassuré mes parents. Ici ou ailleurs, c'était la même chose. Et puis, c'était pour leur métier, n'est-ce pas.

J'ai cru que le déménagement dans une petite ville de province me permettrait de devenir plus anonyme encore.

Si j'avais su à quel point je me trompais…

Espiroux, département de la Creuse. Population : quatre mille huit cents habitants. Un collège. Huit classes. Deux cent trente élèves… et moi dans le rôle du petit-nouveau-de-quatrième-qui-vient-de-Paris.

La rentrée est passée depuis deux semaines, et je vis un cauchemar quotidien. Non seulement je ne suis plus l'Homme invisible, mais j'ai l'impression qu'on me regarde en permanence. La nuit, je rêve que je me retrouve en pyjama dans la cour, avec autour de moi une foule ricanante qui…

– Jean-Sébastien ? Jean-Sébastien, tu dors ?

Et le pire, c'est qu'ici, tout le monde connaît mon prénom. Y compris Mme Fabri, la prof de musique, qui vient de s'adresser à moi.

Je toussote. Je tourne mon visage dans sa direction. Avec ma myopie, je ne distingue pas vraiment les traits de son visage. Je ne vois qu'une masse de cheveux roux, de grandes lunettes et un sourire attentif.

– Non, pas du tout. Désolé, madame.

Du coin de l'œil, j'aperçois Brutus et Brutus qui se donnent un petit coup de coude. C'est mon accent. Il les fait toujours réagir. Quelle bande de…

– Je te demandais, Jean-Sébastien, si tu voulais bien nous jouer un peu de piano.

À cet instant, tout s'effondre : je perds d'un seul coup ce qui me restait de mon anonymat, en même temps que mon titre de Meilleur Homme invisible du monde. Et surtout, je perds mon principal espoir : que personne ne soit au courant, jamais.

Être nouveau et parisien de surcroît attirait déjà l'attention sur moi ; si en plus les autres élèves apprennent que je suis musicien, c'en est fini.

– Euh… je ne sais pas… Je…

– Allons, ne sois pas timide. J'ai rencontré ta maman à la réunion de la semaine dernière, et elle m'a dit que tu jouais depuis tout petit. Il paraît que tu es un virtuose, une vraie graine de génie. Nous avons très hâte de t'écouter.

Je m'étais trompé sur son sourire. Elle veut ma mort, c'est sûr.

Cette fois, toute la classe a les yeux rivés sur moi. Mon ventre se creuse horriblement. Les yeux me piquent et je sens le rouge me monter aux joues. Mais je me lève. Comment refuser ? Ce sera pire si je proteste, non ?

Je traverse la classe en traînant les pieds. Chaque pas est un calvaire. Je finis pourtant par atteindre le piano électronique qui trône au fond de la salle. À la fin de ses cours, Mme Fabri a l'habitude de jouer un court morceau dessus. Ces quelques notes paisibles tranchent avec la cacophonie de nos flûtes à bec – dont certains élèves, je suis au regret de le dire, se servent comme de sarbacanes pour lancer des boulettes de papier mâché. Et je dois dire que c'est insupportable pour les oreilles.

Je m'assieds devant le clavier, et ce bouillonnement dans ma poitrine, dans ma gorge, j'espère que ce ne sont pas des sanglots qui montent.

Deux ans. J'ai tenu deux ans dans le collège le plus mal fréquenté du 12e arrondissement sans que personne ne sache que le petit Jean-Sébastien Leforestier *(Leforestier… Leforestier… Il est dans ma classe, tu es sûr ?)* passait le plus clair de son temps libre à jouer du piano. Ou à étudier le piano. Ou à suivre des cours de piano. Ou à écouter des disques de… Bref, vous m'avez compris. Le piano est ma passion. C'est à ça que je pense en cours, dans la rue, dans le bus, en rentrant chez moi. C'est ma vie.

J'ai passé les examens du Conservatoire et pas mal de concours. Dans ces moments-là, je ne suis pas l'Homme invisible. Je perds toute timidité. Je n'ai pas à me cacher. Pour quoi faire ? La musique est là. C'est elle qui est importante, pas moi. Chaque fois que je me mets à jouer, elle m'emporte.

La prof de musique se trompe. Je ne suis pas un virtuose, ni un « petit génie ». Je joue du piano comme quelqu'un qui pratique cet instrument au minimum trois heures par jour depuis près de dix ans. Oui, j'ai commencé très tôt. Et il me reste énormément à apprendre…

Je règle le siège à ma hauteur avant de m'asseoir. Brièvement, je jette un coup d'œil par-dessus le porte-partition. Tous les visages sont tournés vers moi. Des ovales crème et roses et café au lait. Des expressions intriguées. Quelques sourires – moqueurs, je suppose. Je ne les distingue pas très bien, mais je sais qu'ils me scrutent comme une bête de foire. Alors, je baisse les yeux sur le clavier, j'inspire par le nez et je pose les mains sur les touches.

On était malhabiles, elle était difficile
La fugue d'autrefois qu'on jouait tous les trois.

Je pense à M. Antonin, mon prof de musique de 6e, qui avait essayé de nous faire apprendre cette chanson de Maxime Leforestier…

Leforestier, Leforestier, il s'appelle comme toi, hé, Leforestier !

Le chahut n'avait duré que quelques minutes, mais il m'avait marqué. Quoi de pire pour quelqu'un d'aussi timide que moi d'entendre toute une classe scander son nom ? C'est à ce moment-là que j'ai décidé de devenir l'Homme invisible…

De façon ironique, personne ce jour-là n'a remarqué que mon prénom, Jean-Sébastien, était aussi celui de Bach, le compositeur du *Prélude et fugue n° 11 en fa majeur BWV 856* qui a inspiré ce morceau. À vrai dire, je crois que la plupart des élèves n'avaient jamais entendu parler de lui. C'est une consolation. Sans cela, les moqueries auraient sans doute duré plus longtemps encore.

Malgré ma réticence, mes doigts commencent à jouer d'eux-mêmes les premières notes de la chanson. Comme s'ils ne pouvaient résister à l'attrait des touches du clavier.

C'était toujours la même,
mais on l'aimait quand même,
la fugue d'autrefois qu'on jouait tous les trois.

J'entame la montée du couplet très vite, en frappant les touches avec sécheresse, pour ne pas les laisser résonner, comme le fait le pianiste Glenn Gould dans ses enregistrements.

J'ai treize ans, je ne suis plus invisible, et dans le domaine de la musique je m'y connais sans doute plus que toute la classe réunie. Probablement en comptant la prof.

Ces idées me font un drôle d'effet au creux du ventre, comme une grande tristesse mélangée avec une colère sourde. Mes mains s'agitent, créent des accords dissonants, réinterprètent d'elles-mêmes le thème de la fugue. J'improvise. La musique se cogne aux angles de la pièce, aux visages ébahis tournés vers moi, me soulève et m'emporte comme chaque fois que je joue en public…

… et je termine par deux accords dissonants, plaqués avec fureur.

Je souffle doucement. Mes épaules s'affaissent. Je me recroqueville sur mon siège. Je ferme les yeux. Je voudrais être ailleurs.

Dans ma tête, je me dis que c'était un rêve. C'est impossible. Ce n'est pas moi qui viens de me donner en spectacle devant l'ensemble de ma classe.

Hélas. J'ouvre les yeux, et ils sont là.

Pendant un long moment, personne ne parle. Puis lentement, très lentement, la prof se met à applaudir. Et la classe la suit.

On m'applaudit. Cette fois c'est sûr, je suis rouge pivoine, rouge écrevisse, d'un rouge si rouge qu'il faudrait un nouveau mot pour me décrire.

Carrément la honte, comme auraient dit les élèves de mon ancien collège.

Je quitte le tabouret avec une grimace. Je reprends ma place sous les regards curieux. Les applaudissements ne cessent que quand la sonnerie retentit. À ce moment-là, tout le monde replie ses affaires, dans un silence qui me surprend. Quand nous sortons dans les couloirs, une fille me laisse passer devant elle et lance quelque chose comme : *C'était trop beau !*

Une partie de moi est tentée d'accepter le compliment, de lui sourire, de la remercier. Peut-être qu'en fin de compte, je n'ai pas besoin de rester toute ma vie un Homme invisible...

C'est alors que je repère Brutus et Brutus qui se dirigent vers moi en échangeant de drôles de sourires. Ils se parlent à l'oreille et me désignent du doigt.

Brutus et Brutus. Sans doute plus de cent cinquante kilos de muscles à eux deux ; ils sont plus grands que la plupart des profs, n'écoutent pas en classe, se moquent ouvertement des bons élèves et n'hésitent pas à jouer les durs aux récréations en tourmentant les plus petits qu'eux. Bien entendu, les filles les adorent.

Et voilà que ces deux monstres se plantent devant moi. D'un ton sans réplique, le plus grand me lance :

– Toi, faut qu'on te parle. Rendez-vous sous le préau à treize heures après le réfectoire.

Puis ils tournent les talons et s'éloignent sans un mot de plus.

Je crois qu'ils viennent de m'annoncer que je vais me faire casser la figure. Tout simplement. Comme s'il s'agissait d'un rendez-vous chez le médecin ou le garagiste. Ils vont *s'occuper de moi.* Pour m'apprendre à faire le malin, à jouer du piano. À être visible.

Mais qu'est-ce qui m'a pris ? J'aurais pu refuser. Prétexter, je ne sais pas, un besoin pressant. Une entorse du petit doigt. Un trou de mémoire, une allergie soudaine au clavier… N'importe quoi plutôt que ça.

Il est midi moins cinq, et je rejoins la queue vers le réfectoire. Mes jambes flageolent.

L'Homme invisible est démasqué. Et rien désormais ne pourra plus le sauver.

2
Le « Duo des lunettes »

Je reconnais les notes du morceau au moment où j'emprunte le grand escalier de bois qui monte à notre appartement. C'est une pièce de Ludwig van Beethoven en *mi* majeur pour violoncelle et alto, surnommée le « Duo des lunettes ». On dit que Beethoven l'a écrite pour la jouer avec un de ses amis – le baron Nikolaus Zmeskall von Domanovecz, si vous voulez tout savoir – qui comme lui avait des problèmes de vue. Je ne sais si l'anecdote est authentique, mais en tout cas le grand compositeur s'est amusé à remplir sa partition de quadruples croches, qui la rendent très difficile à déchiffrer. Surtout avec des lunettes.

Pas étonnant que ce soit le morceau préféré de mes parents : mon père est professeur d'alto, ma mère de violoncelle. Enfin, ils l'étaient à Paris : ma mère est désormais également directrice du Conservatoire de région. Mon père, lui, gère maintenant l'ensemble de l'école départementale de musique. Voilà la raison pour laquelle nous avons quitté notre appartement du 12e arrondissement pour nous installer dans une petite ville (plutôt un gros village, à mon avis) située entre Limoges et Guéret.

Voilà également comment ma vie paisible d'Homme invisible s'est terminée.

Nouveau métier ou pas, mes parents ont tout de même gardé leur plus belle habitude. Chaque soir, ils se retrouvent pour jouer de la musique. Dans notre trois pièces exigu à Paris, ça posait problème. Les voisins se plaignaient quand on faisait du bruit après dix-huit heures (un duo de Mozart, du *bruit*? bande d'ignares !). D'autre part, le salon de notre appartement était si petit que mes parents devaient à chaque fois pousser la table et la commode pour pouvoir jouer à leur aise. Je crois que c'est ce qui les a finalement convaincus de quitter la capitale.

À Espiroux, nous avons emménagé dans un appartement beaucoup plus vaste, situé dans un immeuble ancien et cossu, à deux étages. Je dispose à présent d'une chambre *et* d'un bureau, sans compter notre « salon de musique » où, derrière les étuis de l'alto et du violoncelle, trône mon piano adoré – un Schimmel droit, noir comme du charbon, beau comme un diamant.

Ici, aucun problème de voisinage : M. Debon, notre voisin de palier, est un vieil homme aussi charmant que sourd comme un pot. Quant au rez-de-chaussée, il est entièrement occupé par un magasin de fleurs dont la propriétaire *aaaaa-doooore* la musique (c'est elle qui parle), et qui ferme tous les jours à dix-neuf heures. Résultat : le soir, en revenant de leur travail, mes parents s'en donnent à cœur joie. Ils interprètent à deux des pièces courtes, des fugues, des arias.

Souvent, après avoir goûté et fait mes devoirs, je me joins à eux pour jouer des trios de Brahms ou d'un autre compositeur. Ensuite, ils me laissent le salon pour mes gammes et mes exercices. Au dîner, de quoi parlons-nous ? De la *« combinaison harmonieuse et expressive des sons »*. De ce qui adoucit les mœurs. De l'aliment de l'amour, selon William Shakespeare.

Nous parlons de musique. Encore et toujours.

Il ne faudrait pas pour autant s'imaginer que mes parents sont de vieux schnoques habillés en costume et portant des perruques poudrées comme au XVIIIe siècle. Au contraire, mon père, qui est anglais d'origine, se définit lui-même comme *slightly eccentric* – légèrement excentrique.

À près de quarante ans, il s'habille encore en jeans et baskets. À ma grande honte, quand quelque chose l'amuse, il est tout à fait capable de partir d'un grand éclat de rire dans un lieu public. On dirait un enfant. Il peut aussi passer des heures à déchiffrer un morceau en oubliant complètement de venir dîner. Plus d'une fois, je l'ai retrouvé dans la pénombre, penché sur la biographie d'un compositeur ou sur un traité d'harmonie.

– Tu aurais pu allumer les lumières, papa. Il fait nuit depuis vingt minutes.

– Oh, pardon, je n'y ai pas pensé. Je n'avais pas fait attention.

Il est terriblement distrait. Dans la vie quotidienne, il a tendance à tout oublier. Par exemple, lors de notre déménagement cet été, il a négligé de signaler aux déménageurs à quel point les instruments étaient fragiles et avaient besoin de précautions. Heureusement, je veillais au grain. Et je me suis chargé de le leur répéter. Une bonne cinquantaine de fois.

Et tant pis s'ils semblaient agacés. Quand il s'agit de musique, je suis intraitable.

Ma mère a davantage les pieds sur terre que lui. Il dit d'ailleurs qu'elle est *slightly normal* – légèrement normale. Ça la fait toujours sourire. C'est elle, en général, qui se charge du côté pratique des choses, comme préparer les menus de la semaine, écrire la liste de courses… Même si elle oublie souvent celle-ci sur une étagère à la maison. À vrai dire, nos dîners se composent la plupart du temps de tartes surgelées achetées à la petite supérette du coin de la rue.

Et ça me convient très bien. Papa et maman sont sans doute les parents les moins pénibles du monde. Ils ne m'ont jamais obligé à me tenir bien à table, à me laver les dents – même si je le fais deux fois par jour sans qu'ils aient besoin de me le dire. Ils n'exigent pas d'excellents résultats scolaires, et ils me laisseraient sans doute jouer à l'ordinateur ou regarder la télévision autant que je voudrais… si ça m'intéressait. Bref, ils me laissent royalement en paix.

Leur seule passion est la musique. Pour le reste, ils paraissent toujours un peu désemparés, presque maladroits. En particulier quand il s'agit de moi, leur fils unique.

Un jour, j'ai vu une vidéo d'un bébé pingouin élevé par des canards. Je ne sais pas pourquoi, j'ai trouvé que ça me ressemblait. Mon seul point commun avec mes parents, au fond, c'est la musique. Aussi, quand vers mes trois ans j'ai commencé à jouer avec le piano électrique de notre appartement parisien, ils m'ont encouragé. Depuis, je n'ai pas arrêté. C'est sans doute pour ça que le seul moment où je me sente vraiment moi-même, c'est quand je joue du piano.

Et que le reste du temps je rêve d'être l'Homme invisible.

Sauf qu'aujourd'hui, c'est terminé.

Le plus discrètement possible, je referme la porte d'entrée derrière moi. S'ils m'entendent rentrer, mes parents viendront sans doute me proposer de les rejoindre – en tout cas quand ils auront terminé leur duo (chez nous c'est un principe : on n'interrompt l'exécution d'une pièce que dans des circonstances ex-cep-tio-nnelles). Or, il se trouve qu'en ce moment précis, je n'ai pas envie de jouer de musique. C'est sans doute la première fois que ça m'arrive, mais je sais très bien quelle en est la raison.

Je m'installe dans la cuisine. Je me prépare un bol de céréales et un jus d'orange, l'esprit encore agité des événements de l'après-midi.

Brutus et Brutus. Ou plutôt Adrien et Clément. Je connais leur prénom – ils sont dans ma classe – mais, dans ma tête, je les appelle comme ça depuis le jour de la rentrée. Toujours ensemble, toujours l'air de comploter un mauvais coup. La première semaine de cours n'était pas terminée qu'ils étaient déjà collés tous les deux – deux retards et une observation pour bavardage. Il faut dire que dans mon nouveau collège, on ne plaisante pas avec la discipline. L'année dernière, lorsque certains élèves arrivaient en retard, voire quand ils ne venaient pas du tout en cours, les profs poussaient des soupirs de soulagement…

Néanmoins, d'après les conversations que j'ai pu capter au réfectoire, Brutus et Brutus sont plutôt à éviter. Ils redoublent tous les deux leur 4e et ont paraît-il déjà frôlé l'expulsion à plusieurs reprises. J'ignore pour quelles raisons. Mais de ce côté-là, mon imagination me suffit amplement.

Brutalité. Coups et blessures. Racket. Port d'armes prohibées.

Ou pire encore : *destruction d'instruments de musique.*

Revenons à ma journée. Mon coup d'éclat en cours de musique avait anéanti tous mes efforts de rester l'Homme invisible. Au contraire, j'étais à présent devenu un 6P : Petit Parigot Pianiste Paralysé Par la Peur. En d'autres termes, une victime de choix pour Brutus et Brutus.

Ça, je l'ai compris quand ils me sont tombés dessus à la récréation de treize heures.

Bien sûr, j'aurais pu tenter de me cacher, de me réfugier au CDI ou dans les couloirs. Mais non : à l'heure dite, je me tenais sous le préau où ils m'avaient donné rendez-vous, droit comme un i, le cœur au bord des lèvres. Et pour une fois ce n'était pas seulement à cause du menu du réfectoire. Pourquoi je me trouvais là, aussi docile que terrifié ? Mais parce que je n'avais absolument aucune chance de leur échapper. Alors autant en finir le plus vite possible, non ?

Du bout de la cour, j'ai vu arriver Brutus et Brutus. Ils étaient accompagnés d'un grand garçon dégingandé. Je ne connaissais pas son nom, mais j'avais déjà remarqué dans les couloirs son visage pâle, ses longs cheveux noirs et son rictus menaçant. Un troisième. De la pire espèce.

– Toi, le nouveau. Tu joues comme Mozart.

Dans la bouche de Brutus n° 1 – Adrien – ce n'était sans doute pas un compliment. Je me suis raidi, me préparant déjà aux pires humiliations – tête sous les robinets, claques sur la nuque, bourrades, que sais-je encore ? J'étais prêt à tout endurer pourvu que ça se termine vite et que je puisse retourner à une certaine forme d'anonymat. Ma seule crainte était qu'ils s'en prennent à mes mains, à mes précieux doigts de musicien. C'est une hantise, chez moi. J'ai toujours peur de me blesser. Je n'arrive pas à imaginer ce que serait ma vie si je ne pouvais pas jouer de piano, même temporairement.

C'est alors que Brutus II – Clément – a dit :

– On a besoin d'un bassiste. Pour le groupe.

Mon esprit a soudain opté pour un tempo beaucoup plus lent. De quoi parlait-il au juste ? Un *bassiste* ? J'ai compris qu'il s'agissait d'un joueur de guitare basse électrique, cet instrument typique des groupes de musique amplifiée…

Mais ils n'étaient tout de même pas stupides au point de confondre une basse avec un piano ?

– On a un synthé. Tu peux faire la basse avec. Comme ça, on sera un vrai groupe, tu vois. Tu sais jouer du rock ?

Je suis tombé des nues. Ils ne me cherchaient pas pour me racketter ou me cogner dessus, mais parce que j'étais musicien.

Le grand brun dont j'ignorais toujours le nom a lâché :

– L'estquandmêmep'tit.

Dans sa bouche, on aurait dit qu'il s'agissait d'un seul mot, un mot qu'il mâchonnait sans desserrer les dents, comme un vieux chewing-gum.

Clément lui a répondu :

– Écoute, Estebán, on en a déjà parlé. Il n'y a personne au collège qui sait jouer de la basse. Et lui, il s'y connaît en musique. Alors…

– L'rockc'estpaspareil, a répliqué le fameux Estebán en tordant la bouche. L'classique, c'estpasdurock. Çal'frapas, j'tedis.

Visiblement, une phrase aussi longue avait dû épuiser toutes ses capacités de communication car, par la suite, il s'est contenté de secouer la tête pendant que Clément continuait ses explications.

– On fait des reprises et on a quelques compos. Moi, je joue de la batterie, Adrien de la guitare, et Estebán, c'est notre chanteur.

Puis, comme une évidence, il a répété :

– On a besoin d'un bassiste. On peut te prêter un synthé.

Je dois avouer que j'avais du mal à le suivre. J'ai fait de mon mieux pour traduire ce qu'il me disait. *Synthé*… un synthétiseur, d'accord. Il devait s'agir d'un genre de clavier électronique capable d'imiter plus ou moins bien les sonorités d'autres instruments. J'avais joué avec ce genre d'appareil. Une fois. Dans un magasin de musique. Je devais avoir quatre ans. Au bout de trois minutes, je m'étais arrêté. Rien à voir avec un piano. Le clavier est mou, les sons préfabriqués… C'était la même différence qu'entre un vrai animal et sa représentation en peluche. Sauf qu'on peut s'amuser avec une peluche.

Enfin, d'après ce qu'on m'a dit. Moi, ça ne m'a jamais trop intéressé.

Mais cette histoire de basse continuait tout de même à piquer ma curiosité. J'ai pris mon courage à deux mains et j'ai posé une question :

– Tu veux dire que vous avez composé des parties pour une guitare basse et que vous voudriez que je les interprète sur une sorte de clavier numérique ?

Estebán a secoué la tête, et son rictus s'est accentué. Clément a réfléchi un moment comme si je venais de lui parler dans une langue étrangère. Ensuite, il a répondu :

– Euh… oui, c'est ça. Sauf qu'en fait, on n'a pas vraiment écrit les partitions. On te dira ce qu'on veut que tu joues, les notes, tu vois ?

Avec ses mains, il s'est mis à imiter une guitare.

– Si par exemple, on te dit de jouer doumdoudoumdoumdoum, toi tu fais…

Il a agité son index comme pour l'enfoncer sur une touche de piano avant de poursuivre :

– Doumdoudoumdoumdoum… mais au clavier. C'est possible, non ? Tu peux le faire ?

Si je peux jouer une répétition de note en double croche d'un seul doigt ? Oui, c'était possible. Depuis mes trois ans et demi à peu près.

– Oui. Je peux… je pourrais le faire, mais…

– J'tavaisditqu'yvoudraitpas, a marmonné Estebán. Laisstomber, l'estpasrockcetype, c'estout.

Pendant que nous discutions, Adrien – Brutus n° 1 – s'était éloigné pour discuter avec des filles. Mais à ce moment-là, il est revenu à la charge :

– Alors c'est bon, ça marche ? On dit samedi quinze heures ? Chez ton père, Clément, c'est d'accord ? Il viendra nous chercher ?

Clément a eu l'air un peu surpris. Estebán a fermé les yeux et secoué la tête comme s'il trouvait la discussion – toute l'idée, en fait – complètement idiote. Et moi, je me suis retrouvé coi devant ces trois types qui me dépassaient au moins d'une tête. Sans parler de leur largeur d'épaules et de leurs airs de durs.

Je n'avais rien à leur répondre. Rien à faire avec eux. Surtout pas de la musique. Sans hésiter, j'ai décidé de leur dire non.

J'aurais pu leur dire non. Si, par exemple, j'avais eu du courage. Si j'avais eu un véritable pouvoir d'invisibilité. Ou bien la possibilité de repartir à Paris sur-le-champ. De m'envoler, de ne plus jamais mettre les pieds au collège. Si j'avais été grand et costaud, suffisamment sûr de moi pour leur expliquer que non, désolé les gars, *çal'frapas.* Et si je n'avais pas redouté qu'ils passent le reste de l'année à me prendre comme tête de Turc. Dans une autre vie, j'aurais pu leur dire non.

Flash spécial : l'Homme invisible se recycle ! Il s'appellera désormais Bassman. Son super-pouvoir sera de jouer du piano avec un seul doigt dans un groupe d'idiots du village.

Après l'entrevue sous le préau, Estebán a cessé de s'intéresser à moi. Il ne m'a pas adressé une seule de ses fameuses phrases d'un mot. Adrien a quitté la conversation lui aussi pour aller faire l'intéressant auprès d'un groupe de filles. Clément, en revanche est resté un moment à discuter avec moi. Comme si j'avais un peu d'importance à ses yeux.

Il m'a cité un nombre impressionnant de groupes aux noms barbares, qu'il considérait – je cite – comme *leurs influences.* Bien entendu, je n'en connaissais pas un seul. Il m'a ensuite expliqué que le groupe se réunissait tous les samedis après-midi dans un local aménagé par son père près de leur maison, un peu à l'extérieur de la ville.

J'ai également compris que son père s'occupait de transports puisque, selon Clément, il était le samedi après-midi *en livraison*.

Je n'ai pas demandé ce que cela signifiait au juste. Je me suis simplement contenté d'acquiescer, comme lorsqu'il m'avait cité le nom des groupes.

De mon côté à vrai dire, la conversation se résumait à ça : faire semblant de comprendre et hocher la tête doucement. Sans mouvement brusque. En fait, j'avais un peu l'impression de parler à un grizzly sauvage qui, à ma grande surprise, ne semblait pas vouloir m'attaquer tout de suite. Je cherchais donc en premier lieu à ne pas déclencher sa colère. Dire oui à tout. Ne pas l'énerver. Et profiter de la première occasion pour m'enfuir à toutes jambes.

Sauf que j'ai dû attendre jusqu'à la fin de la pause, parce que Clément avait visiblement beaucoup de choses à me dire. Autour de nous, les autres élèves vaquaient à leurs jeux habituels ; je voyais bien à leurs regards en coin que le nouveau-qui-joue-du-piano était en passe de devenir le nouveau-qui-fréquente-les-trois-terreurs. Une vraie star du collège. Enfin… si je survivais.

La sonnerie m'a sauvé. En marmonnant une excuse, j'ai laissé Clément sous le préau et j'ai rejoint ma classe. Arrivé en cours d'anglais, un garçon m'a fait signe de m'asseoir à sa table. Il m'a même appelé par mon prénom et félicité pour ma *musique de ce matin.* Deux filles se sont retournées et m'ont souri.

Ma vie était fichue.

J'achève mes céréales et je range le bol dans le lave-vaisselle. La musique s'est arrêtée. J'entends des pas. La porte de la cuisine s'ouvre sur la haute silhouette dégingandée de mon père. Il me considère avec surprise :

– Tu étais là, *dear*? Pourquoi n'es-tu pas venu jouer avec nous ?

Puis, devant ma mine défaite :

– Tout va bien, *sonny*?

Je lève les yeux vers lui. Il a les cheveux frisés et une énorme paire de lunettes lui fait des yeux gigantesques. Très vite, maman le rejoint et une nouvelle paire d'yeux aussi inquiets que démesurés se pose sur moi.

Mes parents sont tous les deux *miros comme des chaufferettes.* C'est l'expression de ma mère. Je tiens ça d'eux, d'ailleurs. Mais quand ils me regardent comme ça, j'ai tout de même l'impression que je suis un insecte sous un microscope.

Je me rassure. À leur manière un peu farfelue, ils m'aiment et ils me comprennent. Mon « Duo des lunettes », comme je les appelle.

Ils me protègent. Je suis sûr qu'ils vont m'aider. Ils vont m'interdire de rejoindre ce groupe, et j'aurai une bonne excuse à opposer à Clément et consorts.

– Papa… Maman… J'ai une mauvaise nouvelle.

Et, devant leur mine inquiète :

– Vous vous y connaissez en rock ?

3
L'attaque des poulets tueurs

On l'oublie souvent : les poules descendent en droite ligne des dinosaures.

Beaucoup de gens l'ignorent et pourtant, c'est évident. Il n'y a qu'à voir ces yeux sans âme, le pli agressif au coin de leur bec, leur façon d'avancer par saccades, et leurs serres menaçantes – je devrais dire leurs *griffes*. Les poulets ont en eux du sang d'archéoptéryx et de tyrannosaure. J'en suis terriblement conscient.

Ça a commencé très tôt. Ma mère raconte que ça remonte à un dessin animé qu'elle m'avait emmené voir au cinéma. *Chicken Run*. Selon elle, je me suis mis à hurler sur mon siège dès la première apparition d'un poulet à l'écran. Elle rit encore aux éclats quand elle rapporte l'épisode et la façon dont elle a dû m'entraîner hors de la salle, complètement tétanisé.

Personnellement, je n'ai aucun souvenir de cet épisode. Mais je ne doute pas de sa véracité : depuis aussi loin que remontent mes souvenirs, les animaux à plumes m'ont toujours terrifié. C'est ma phobie. Pour d'autres, c'est les araignées, les serpents, les souris, ou même les cours de français. Pour moi, c'est les oiseaux. Les gallinacés en particulier.

Je ne peux pas voir un volatile sans que mon cœur s'accélère et que mes jambes se dérobent. Voilà peut-être la seule raison que j'aie de préférer Espiroux à Paris : il y a nettement moins de pigeons dans les rues et sur les toits.

Sérieusement, vous avez déjà regardé une poule ? Sa façon de vous suivre du coin de son œil rond pendant qu'elle fait semblant de picorer ? Les petits bruits rauques et menaçants qu'elle émet ?

Vous vous êtes déjà demandé à quoi servaient ses ailes repoussantes, ces moignons qui ne lui permettent pas de voler ? À bondir. À vous sauter à la gorge.

J'admets que c'est plutôt rare. On recense peu de cas d'attaques de volatiles domestiques. Mais ça ne veut pas dire qu'elles n'en sont pas capables.

C'est comme ça : la seule idée d'une plume me fait frémir. Peut-être que je suis ridicule. Irrationnel. Peut-être qu'il est temps que je grandisse, ou que je demande à consulter un spécialiste… Mais ça ne change rien : j'ai une peur panique des poules.

Et voilà que je me retrouve cerné par des millions d'entre elles.

Le destin se montre souvent ironique. Je m'en doutais, mais en voici la confirmation. Mon père appelle ça la loi de Murphy : *Anything that can possibly go wrong will go wrong.* En français : tout ce qui peut aller mal ira mal.

Par exemple, faire appel à mes parents pour me sortir de ce guêpier de groupe de rock. Au départ, ça me semblait une idée brillante. Eh bien pas du tout. Ma mère a bondi de joie à la seconde où j'ai eu fini de lui en parler. Quant à mon père, il s'est rué dans le salon de musique et a plongé dans notre discothèque – il y a des milliers d'albums là-dedans – pour me sortir des disques vinyles aux titres étranges. *Dark Side of the Moon*, *Regatta de Blanc* et ainsi de suite. Des noms de groupe comme AC/DC, Deep Purple, Neil Young ou Jefferson Airplane.

Ils m'ont forcé à écouter. Et même à le jouer. Première constatation : le rock, comme ils disent, propose en général des compositions d'une simplicité confondante. À se demander comment un adulte peut écouter ça. J'aurais bien voulu protester, mais le pire, c'est qu'ils chantaient avec moi. Mon père et ma mère, que j'avais toujours considéré comme des gens de bon goût, se sont installés juste à côté de moi, la main sur le piano, pour chanter à tue-tête les paroles de ces morceaux à la structure approximative.

Pour moi, ç'a été un vrai traumatisme. Je suis persuadé que j'aurais préféré les surprendre pendant qu'ils s'embrassaient.

Et la découverte de leur enthousiasme pour cette musique de sauvage s'est accompagnée d'une autre révélation choquante : mes parents me croient malheureux. Ou en tout cas, pas très heureux.

– Ce serait bien si pour une fois tu avais des amis de ton âge, non ? C'est vrai, tu ne nous as jamais présenté personne, tu n'invites pas tes amis pour ton anniversaire…

– Mais qu'est-ce que vous racontez ? Et Cyprien ?

Cyprien était, jusqu'à l'année dernière, la seule personne que je pouvais considérer comme un ami. Nous étions au Conservatoire ensemble, et nous avons souvent passé les mêmes concours. Nous échangions nos impressions sur les pianos, sur les œuvres, les professeurs… Une fois, nous sommes allés donner ensemble une série de concerts en Allemagne, et nous avons partagé une chambre. Nous nous entendions très bien.

Même si, effectivement, nous ne parlions pas souvent. Et jamais d'autre chose que de musique. En Allemagne, nous étions les deux seuls Français de notre âge ; et pourtant, nous n'avons pas dû échanger plus de dix phrases en deux semaines.

Malgré les récitals que nous donnions quasiment tous les soirs, j'ai trouvé ces quinze jours très reposants.

– Cyprien est resté à Paris, a répondu ma mère. Et puis je dois t'avouer que nous l'avons toujours trouvé un peu… froid. Distant, si tu préfères.

Cyprien, distant ? Et dire que je l'ai toujours considéré comme un garçon beaucoup moins timide que moi. Presque extraverti. Je veux dire, lui, il avait au moins *deux* amis.

– Mon fils va jouer du rock ! *My son's gonna rooooock'n'roll !* a repris mon père.

Sa voix était bizarrement étranglée et forcée et je l'ai regardé avec surprise. Quelle mouche l'avait piqué ?

– C'est Elvis Presley, m'a-t-il expliqué, un peu gêné. Enfin une imitation…

Comme je ne réagissais pas, il m'a obligé à écouter *Love Me Tender* et *Hound Dog.*

Je n'ai pas de mot pour décrire cette expérience.

La loi de Murphy, donc. Non seulement ils ne m'interdisaient pas d'aller jouer cette musique de barbares, mais ils m'y encourageaient carrément.

Et ça ne s'est pas arrêté là. Devant leur enthousiasme incompréhensible, j'ai capitulé. Je leur ai expliqué que le samedi suivant, j'irais répéter chez un camarade de classe.

– Super ! a conclu ma mère. Je vous ferai un cake.

J'aurais dû protester. Si ma mère est très douée avec un alto, c'est une toute autre histoire avec des casseroles. En particulier dans le domaine de la pâtisserie. En fait elle est à la cuisine ce qu'un crissement de craie sur un tableau est à la musique. Sans compter qu'à mon avis, manger du cake n'était pas vraiment le genre de Brutus & Compagnie.

En d'autres termes, j'ai compris trois choses fondamentales :

1) que mes parents sont incapables de me soutenir quand j'ai le plus besoin d'eux,

2) qu'ils m'ont caché pendant des années des penchants musicaux pour le moins bizarres,

3) que le samedi suivant, j'allais me rendre à une répétition affligé d'un prénom ridicule, d'un goût totalement anachronique pour la musique classique et d'un cake parfaitement immangeable.

J'ai haussé les épaules, fataliste. Dans l'histoire de la musique, la plupart des grands musiciens ont souffert de l'incompréhension. Jean-Sébastien Bach, par exemple. Pendant des années, il a dû travailler pour des employeurs qui n'aimaient pas vraiment sa musique et qui n'ont jamais compris qu'ils avaient affaire à un génie. Voilà. Je serais un martyr de plus sur une longue liste. Jean-Sébastien Leforestier, obligé de jouer du rock à son corps défendant.

Je croyais fermement qu'il ne pourrait rien m'arriver de pire. Si seulement j'avais su !

Car la loi de Murphy a un corollaire : *Anything that can't go wrong, goes wrong.* Même ce qui ne peut pas aller plus mal se débrouillera tout de même pour empirer.

Car à présent, je me rends compte qu'il y a bien plus grave que ne pas être compris par ses parents. Il semblerait bien que le cake, ce maudit cake, soit également…

Un appât pour les poulets.

Un bon million de poulets me fixent en ce moment de leur œil rond et cruel. Plus précisément, ils surveillent le sac en plastique qui pend au bout de ma main – et je les vois qui s'approchent. Raides. Mécaniques. Impitoyables. D'une seconde à l'autre, je le sais, ils vont lancer leur attaque sanguinaire.

Bon, j'admets : pour l'instant, même les plus téméraires restent à bonne distance de moi. Mais ils avancent. Avec sans nul doute l'intention de m'encercler. Car les poulets sont aussi fourbes que cruels. Ils sont machiavéliques. Même s'ils ne m'attaquent pas de front, il y a les maladies. La grippe aviaire, le H1N1, le Sras, que sais-je encore… Ces poulets veulent ma mort, j'en suis certain.

Si seulement Clément m'avait prévenu ! Enthousiasme parental ou non, j'aurais eu la force de décliner sa proposition. J'aurais trouvé une excuse. Je me serais inventé une allergie grave aux volailles (d'ailleurs, c'est le cas – j'ai de l'asthme. Même si je ne prends jamais mon traitement). J'aurais prétexté un cours de piano, une visite familiale, une triple entorse de l'index, n'importe quoi.

Maintenant, c'est trop tard. Je ne peux plus reculer. D'ailleurs, cette fois ça y est : je suis encerclé.

J'ai retrouvé Estebán et Adrien sur la place de la Mairie (je me demande d'ailleurs pourquoi on a pris la peine de lui donner un nom, vu que la ville d'Espiroux n'a qu'une seule place). Le premier m'a lancé quelques phrases à peine compréhensibles avant de se mettre à parler dans son téléphone portable avec une certaine Cindy. L'autre, beaucoup plus volubile, s'est mis à me parler de groupes de rock inconnus. Et de filles :

– T'as vu Manon, dans notre classe ? Et Jeanne, de 3ᵉ C, elle est trooooop canon. Je me demande si…

Le père de Clément devait venir nous chercher. Il était en retard. Nous avions rendez-vous à quatorze heures, et nous avons dû attendre plus d'une demi-heure. Autant dire que nous avions depuis longtemps épuisé les sujets de discussion.

Enfin, un fourgon blanc s'est garé devant nous, et un homme trapu, le visage plutôt avenant, en est descendu. Il a lancé :

– Salut, les gars, désolé pour le retard, je discutais avec le volailler. Bon, c'est pas une limousine. Il va falloir qu'il y en ait un qui monte derrière, parce que je n'ai que trois places à l'avant.

Le mot « volailler » aurait dû me mettre la puce à l'oreille. Pourtant, je me suis spontanément proposé pour prendre la place à l'arrière. Comme le fourgon n'avait pas de fenêtre, je ne voyais pas l'intérieur. Mais je supposais qu'il y aurait des sièges, et la perspective de me séparer quelques instants d'Estebán et d'Adrien me paraissait plutôt prometteuse.

C'est seulement quand Estebán a ouvert la porte coulissante que j'ai compris.

L'odeur était épouvantable. Ça sentait… Il n'y a pas de mot pour ça. J'en ai des haut-le-cœur rien qu'à y repenser.

Le sol en tôle de l'habitacle était jonché d'emballages en plastique vides et de plumes. Un liquide rougeâtre s'écoulait en petites rigoles. Il n'y avait aucun siège, seulement une poignée qui pendait du plafond. Une petite vitre grillagée donnait sur la cabine.

– Vautmieuxquej'yaille. T'estroppetitpourtet'nir, a lâché Estebán.

J'aurais pu lui sauter au cou tant j'étais soulagé. Enfin, façon de parler. Je ne me vois pas en train de lui sauter au cou. Il me mordrait sans doute.

D'un pas décidé, Estebán est monté à l'arrière. Il s'est accroché à la poignée. Pour ma part, je me suis installé sur la banquette avant, entre Adrien et le père de Clément. Je n'étais pas très rassuré. À en juger par ce que je venais de voir à l'arrière, nous venions peut-être d'embarquer dans le véhicule d'un tueur en série…

– Allez les gars, c'est parti ! a lancé le père de Clément en démarrant sec.

Je me demande encore comment j'ai fait pour ne pas vomir pendant les vingt minutes du trajet qui menait jusqu'à chez lui. Non seulement la route tournait dans tous les sens, mais l'odeur se faisait de plus en plus oppressante.

Le cœur au bord des lèvres, j'ai fini par demander d'un filet de voix :

– Qu'est-ce que… ça sent ?

Le père de Clément m'a jeté un regard surpris.

– Ben qu'est-ce que tu crois ? Les poulets ! Ça sent les poulets. C'est mon boulot, mon gars. J'élève des poulets et je les vends aux bouchers. Je reviens de livraison, c'est pour ça que ça sent un peu.

J'ai fermé les yeux et j'ai serré les dents. J'ai pensé : *Au moins, puisqu'il les a vendus, je ne les verrai pas, ces poulets…*

Comme je me trompais.

Des champs entiers.

Recouverts de poulets.

Un hangar.

Rempli de poulets.

Des batteries de poulets. Des régiments. Des poulets partout, devant la maison, perchés sur le toit d'une carcasse de voiture, dans la cour de derrière et jusque devant l'abri en bois où Clément, nous explique son père, *fait sa batterie.* En d'autres termes : le local de répétition.

À cent mètres de l'endroit où il a garé le fourgon.

Cent mètres peuplés de cent millions de poulets.

Je n'exagère pas. Ils sont partout ; ils s'ébattent en liberté. Paradent. Patrouillent. Et, surtout, ils m'épient, moi et mon cake. Et ils se rapprochent.

Je vais m'évanouir.

Un rythme de batterie s'élève de la cabane en bois à l'autre bout du chemin. Estebán se dirige vers elle comme si les poulets étaient parfaitement inoffensifs. Adrien le suit. Avant d'entrer, il se tourne vers moi et me crie :

– Ben alors, qu'est-ce que tu fais ? Tu viens ou quoi ?

Je reste figé à l'entrée du chemin, incapable d'avancer. Je voudrais faire demi-tour, mais mes jambes ne répondent plus. Je me dis que les poulets sentent la peur, comme les chiens et les bêtes sauvages. Et s'ils se jetaient sur mon sac ? S'ils me plaquaient au sol ?

Flash spécial : l'Homme invisible, devenu Bass-man, se fait dévorer par une horde de poulets tueurs.

– Ça va, Jean-Sébastien ?

C'est la voix de Clément, tout près de moi. Il est venu me rejoindre. Je remarque à peine qu'il m'a appelé par mon prénom. Je suis bien trop paniqué pour prêter attention à ce genre de détails.

Je parviens à murmurer :

– C'est… c'est les poulets.

Il va sûrement éclater de rire. Mais tant pis. Je me fiche d'être ridicule. Qu'ils se moquent de moi autant qu'ils veulent. Qui sait, peut-être même qu'ils ne me voudront plus dans leur groupe…

Mais au contraire, Clément murmure :

– Ils te font peur, c'est ça ? Je te comprends. Moi non plus, je ne les aime pas. Et ma belle-mère et sa fille, c'est pire. Elles les détestent carrément. D'ailleurs, elles sont parties à cause de ça.

Comme je ne réponds pas, il enchaîne :

– Écoute, tu n'as qu'à me suivre. Tu vas voir, ils vont s'écarter. Et regarde droit devant toi, comme si tu avais le vertige. Ne t'inquiète pas, ça va bien se passer.

Et c'est ainsi que, un pas après l'autre, comme un funambule, les mâchoires serrées pour retenir des gémissements de terreur pure, j'atteins enfin la salle de répétition.

4
Rien de plus simple que le rock

Bon. Voilà. C'est fait. J'ai tout compris au rock.

D'abord, Clément entrechoque ses baguettes – 1, 2, 3, 4 – pour donner le tempo du morceau ; ensuite, Adrien joue quelques notes en prélude – il appelle ça un *riff*; puis nous nous mettons à jouer tous ensemble, le plus vite et le plus fort possible, sans nous soucier du résultat. Il y a un couplet et un refrain, chacun répétés deux ou trois fois et, au bout de quelques minutes, le morceau se termine, en général avec de grands coups de cymbales.

Non seulement Estebán chante faux, mais on ne comprend pas ce qu'il dit. Il avale les paroles comme il avale les mots dans la conversation. Au début, j'ai même cru qu'il tentait de crier quelque chose par-dessus la musique. J'ai pensé qu'il avait un problème ou qu'il avait mal quelque part, alors je me suis arrêté de jouer. Les trois autres m'ont regardé avec surprise et j'ai compris mon erreur. J'ai lancé :

– Pardon, je me suis trompé. On reprend ?

Et Estebán a recommencé à s'égosiller dans son micro. J'en tremble encore. De rire. Un seul point positif avec Estebán : on ne l'entend pas trop. Enfin, beaucoup moins que la batterie ou la guitare.

La guitare électrique est un instrument relativement inoffensif jusqu'au moment où on allume une boîte diabolique nommée *ampli* ; alors, elle se met à produire des sons désagréables – et très, très forts.

Clément est le seul des trois qui semble avoir quelques connaissances musicales. En tout cas, c'est ce que j'ai conclu du fait qu'il donnait parfois des instructions aux autres. Même si ça n'a pas changé grand-chose à la cacophonie ambiante. Pour ce qui est de la batterie, j'ignorais qu'on puisse faire autant de bruit avec un seul instrument. Un point positif néanmoins : à la batterie, on ne fait pas de fausses notes…

Quant au *synthé* dont j'étais censé jouer, c'est comme prévu un clavier électronique en mauvais plastique. À peine un jouet. Ceci dit, branché sur un autre *ampli*, il parvient à produire… des sons. Des notes, même. Sans timbre, mais justes. Avec un volume suffisant pour rivaliser avec les autres instruments. De là à dire qu'on peut faire de la musique avec…

Dès le troisième morceau, j'avais compris ce qu'on attendait de moi en tant que « bassiste » : je devais jouer la même chose qu'Adrien – la fondamentale de son accord, une octave plus bas que la guitare.

Quand je leur ai expliqué ça, Adrien et Estebán m'ont regardé avec des yeux ronds. Estebán a lancé entre ses dents :

– C'estquoilafondamentaledel'accord ?

Je me suis lancé dans une explication sur l'harmonie, la construction des accords, les toniques, les tierces et les quintes… et je me suis retrouvé devant un mur d'incompréhension. Au bout de quelques secondes, Adrien a fini par répondre :

– Euh… ouais, d'accord. Mais on va faire autrement. Mettons que je joue un *mi*, toi tu peux jouer… ben, un *mi* aussi. Au clavier. Dans les graves.

J'aurais pu répondre que c'était précisément ce que je venais de lui dire, mais à quoi bon ? Il fallait se rendre à l'évidence : nous ne parlions pas le même langage. Je me suis contenté d'acquiescer et de me préparer pour le morceau suivant.

Rien de bien compliqué, d'ailleurs. Le rythme est toujours le même, les suites d'accords se ressemblent et demeurent d'une simplicité confondante. Moi, je dois me contenter de marteler le clavier de l'index gauche. Si possible en bougeant la tête et en tapant du pied pour faire mine de suivre le rythme.

Dix ans de piano et un premier prix de Conservatoire pour en arriver là. Je déteste le rock.

Pendant le sixième morceau, je me suis tout de même permis d'en faire un petit peu plus. J'ai d'abord souligné les accords de la guitare avec la main droite. Puis j'ai ajouté des arpèges, quelques variations.

Très vite, Estebán a fait signe à tout le monde d'arrêter.

– Qu'estcequ'tufais, là ? C'estpasrock. Just'la-basse, onadit.

Et, penaud, j'ai repris mon martelage de clavier.

Au bout d'une heure et demie, mes oreilles sifflaient si fort que je me demandais si mes tympans n'avaient pas irrémédiablement explosé.

Après un dernier fracas de cymbales, Clément a lancé à la cantonade :

– Bonne répète, les gars. Ça vous dit de manger quelque chose ?

Bonne répète ? C'était vraiment ce qu'ils appelaient une répétition ? Même si les chansons étaient simplissimes, nous n'avions pas réussi à en jouer une seule sans fausse note, mauvais départ ou autre erreur de rythme grossière. Sans parler de la voix, évidemment. J'étais abasourdi – en plus d'être à moitié sourd.

– OK, a répondu Adrien. On va dans la cuisine ?

Clément m'a jeté un coup d'œil. Sans doute a-t-il eu pitié de moi et de mon aversion pour les poulets, car il a répondu :

– Pas la peine, on a tout ce qu'il faut ici.

Non sans une certaine reconnaissance, j'ai déballé le cake de ma mère. De son côté, Clément a ouvert un paquet de pains au lait et une brique de jus d'orange.

– T'aspasplutôtd'labière ? a demandé Estebán.

Clément a secoué la tête, l'air gêné :

– Non. De toute façon, mon père ne serait pas d'accord.

Estebán et Adrien ont haussé les épaules et pris un air méprisant. Pourtant, ils ont avalé le goûter à belles dents.

En quelques minutes, nous avions terminé toutes les provisions. Oui, toutes, y compris le cake de ma mère. Ce qui prouve d'après moi que les rockeurs n'ont pas meilleur goût en matière de pâtisserie que de musique.

Puis Clément a proposé :

– On continue ? On pourrait reprendre la première chanson, j'ai l'impression qu'il y a un problème de rythme.

Tiens, tiens. Clément avait donc des oreilles. Intéressant. Peut-être qu'en baissant un peu le volume, nous pourrions…

– J'suiscrevé, a répondu Estebán. Enplus, fautquej'fassattentionàmavoix.

Adrien a renchéri :

– Moi aussi, je suis un peu fatigué. Je pensais plutôt aller me… balader. Estebán, ça te dit ? Les autres ?

Il a fait un geste en direction de la poche de son blouson, et j'ai compris que cette « balade » en pleine campagne – au milieu des poulets ! – s'accompagnerait certainement de quelques cigarettes… dans le meilleur des cas. J'ai poliment décliné son invitation, et Clément a fait de même. Estebán et Adrien sont sortis de la cabane en nous lançant un petit regard supérieur.

Quand ils ont eu refermé la porte, Clément s'est tourné vers moi pour demander :

– Alors, ça te plaît ? Notre musique, je veux dire ? Tu aimes ?

Comment lui exprimer le fond de ma pensée ? Sans le vexer, je veux dire ?

– Euh, c'est, disons… intéressant.

Une réponse tout à fait digne de l'Homme invisible, mais Clément a continué avec enthousiasme :

– Tu sais, c'est pas mal du tout ce que tu fais. Mais peut-être que tu pourrais, comment dire… écouter davantage. Les autres musiciens. Le morceau. Essayer d'être un peu plus dans l'ambiance, tu vois ?

Pardon ? Écouter cette horreur ? Moi qui ai joué à trois reprises avec un orchestre symphonique au grand complet ? Et en tant que soliste, encore ? Quant à « être dans l'ambiance »... Qu'est-ce que ça voulait dire ? Je ne tapais pas du pied assez fort, peut-être ?

J'ai opté pour la diplomatie.

– Je ne suis pas sûr de tout comprendre. C'est très fort, je ne suis pas habitué. Et puis je ne connais pas encore vos morceaux par cœur. En plus, on n'entend pas bien les paroles... En fait, je ne suis peut-être pas celui qu'il vous faut, si ?

Intérieurement, j'ai prié pour qu'il soit d'accord. Pour qu'il me dise que cet essai était une erreur. Ainsi je pourrais reprendre mes samedis après-midi tranquilles, à jouer du piano dans le salon de musique, à écouter du Schubert et du Saint-Saëns. Mes parents ne pourraient rien me reprocher : j'avais tenté de jouer du rock et de me faire des copains. Ça n'avait pas marché, un point c'est tout.

Mais mon espoir a été de courte durée.

– Oh mais tu te trompes ! C'est beaucoup mieux avec toi ! La basse, tu vois, c'est un peu comme la colonne vertébrale d'un groupe de rock.

La colonne vertébrale. Vraiment.

Dire que j'ai une scoliose...

– De toute façon, la première répétition, c'est toujours un peu compliqué. Mais tu verras, samedi prochain, ce sera bien mieux, et ainsi de suite. Si tu veux, on peut prendre des notes, comme ça tu pourras apprendre les morceaux chez toi ?

Comme si j'en avais eu besoin…

– *WollowerBeethovenandtellshèkovskyze-niouze…*

Dans un dernier sursaut de batterie, le morceau s'arrête. Estebán pousse un étrange petit cri suraigu.

– Ça, c'était rock'n'roll !

Adrien approuve d'un *yeah* retentissant. Chez les rockeurs, c'est une façon de dire « oui ». Ou de ne rien dire du tout, d'ailleurs.

Clément repose ses baguettes sur sa caisse claire. Il semble moins sûr que les deux autres :

– Euh… au niveau du rythme… Adrien, normalement c'est deux mesures en *si*, puis deux mesures en *mi*, et on reprend au moment où…

Mais Adrien le coupe :

– Ouais, je sais, je me suis planté au refrain. Mais bon, ce n'est pas très grave. Ça ne s'est pas entendu, si ?

Je me mords les lèvres. Chaque semaine, c'est la même chose. Toujours la même phrase : *Ça ne s'est pas entendu.*

Hélas si. Ça s'entend. Ça s'entend même très bien. Trop. Au point que j'ai même pensé à adopter des bouchons d'oreilles pour nos répétitions hebdomadaires. Je n'ai pas osé, évidemment, par crainte de vexer les autres. D'accord, j'ai un peu moins peur d'eux qu'au début, et à les entendre ils me considèrent presque comme un de leurs copains. Mais je ne suis pas certain qu'ils apprécieraient de me voir porter des protections en silicone. Ce serait comme leur avouer de but en blanc que je trouve notre musique cacophonique.

Et je ne suis pas sûr que nous soyons assez *copains* pour ça.

– Qu'est-ce que vous en dites, les filles ? Vous avez entendu qu'Adrien avait fait un pain avant le refrain ?

Estebán s'adresse à Cindy et Jeanne, deux filles de 3e C qui sont venues assister à notre répétition ce samedi-là.

La plus grande des deux – je crois que c'est Cindy, mais à vrai dire je m'en fiche un peu – lance un regard énamouré en direction de notre chanteur et glousse :

– Moi, j'ai trouvé ça trooop super, vraiment.

Qu'est-ce qu'elle m'agace à battre des cils et à roucouler en permanence !

– Oui, mais enfin, insiste Clément, ce n'était pas vraiment en rythme… j'aimerais bien qu'on reprenne au début, d'accord ?

Dans un bel ensemble (pour une fois !) Estebán et Adrien poussent un cri de protestation :

– Noooooooooon ! On continue ! On joue le set en entier, on verra après si on a le temps de reprendre.

Comme d'habitude. En trois mois, nous n'avons pas une seule fois retravaillé un morceau. Pourtant, Adrien et Estebán se trompent aussi souvent l'un que l'autre. Une fois que nous avons fini d'exécuter la liste des quinze chansons (et *exécuter* est le mot juste), nous prenons le goûter. Ensuite, au lieu de rejouer les chansons en détail comme Clément et moi le souhaiterions, notre chanteur et notre guitariste se mettent à parler de musique et de filles – surtout de filles. Ou bien ils vont « se promener ». Un peu plus tard, le père de Clément arrive pour nous ramener en ville.

Quasiment tous les samedis depuis la rentrée, nous effectuons ainsi, dans le fourgon qui empeste, le trajet entre Espiroux et la ferme. En tout cas en ce qui me concerne. Estebán et Adrien sont moins réguliers. Ils ont déjà manqué plusieurs répétitions chacun. Plus d'une fois, nous avons dû jouer nos morceaux sans chanteur ou sans guitariste. Je me demande encore ce qui est le pire.

En fait, la motivation principale d'Estebán et Adrien n'a pas grand-chose à voir avec la musique. S'ils ont décidé de monter ce groupe de rock, c'est pour une seule raison.

– Lesfillesadorentleschanteurs, répète Estebán à qui veut l'entendre.

Adrien l'approuve avant d'ajouter :

– Et les guitaristes, aussi. Le rock, ça marche super bien avec les filles.

Visiblement, ce n'est pas Cindy et Jeanne de 3e C qui les contrediront. Je suppose que, si pour une fois Estebán et Adrien participent tous les deux à la répétition, c'est surtout parce qu'elles ont accepté leur invitation à venir nous voir…

– Allez, s'exclame Adrien. On fait *Lost in Hollow.*

C'est le titre d'une de nos compositions. J'ai cru comprendre qu'il y avait une allusion à la Creuse, mais de toute façon je ne distingue pas les paroles. Je me demande tout de même pourquoi Adrien tient tant que ça à les écrire en anglais, vu ses notes dans cette matière.

L'air résigné, Clément lance le rythme :

– Et un, et deux, et trois et quatre…

Nous entamons le morceau – plus ou moins ensemble. Au bout de quelques mesures, je me rends compte que je tape du pied, presque malgré moi.

– Lost in ho… llow ! Lost in ho… llow !

Bien sûr, je n'ai eu aucune difficulté à mémoriser les morceaux que nous jouons. J'ai fini par m'habituer à leur simplicité. Je me surprends parfois à les fredonner pour moi-même. Depuis quelques répétitions, je me permets de faire des remarques sur les erreurs que nous commettons (enfin, qu'*ils* commettent, mais je reste diplomate). La semaine dernière, j'ai proposé un *riff* au synthé et pour une fois Estéban n'a pas refusé purement et simplement.

– Ouaispasmal… Onverralaprochainefois.

Quand Estebán et Adrien ne me surveillent pas, il m'arrive même de jouer avec les *deux* mains. Je dois le reconnaître : je m'ennuie moins que je ne le craignais au début. Finalement, jouer avec le groupe est presque agréable.

Surtout quand Estebán et Adrien ne sont pas là.

À trois reprises, je me suis retrouvé seul en répétition avec Clément. Nous avons rapidement repris les compositions du groupe – certaines comportaient d'énormes erreurs d'harmonie que nous avons tenté de corriger. Ensuite, nous avons joué d'autres morceaux, juste le piano et la batterie. Des improvisations sur des thèmes classiques et même sur un ou deux morceaux de rock que j'avais fini par apprendre. C'était… intéressant.

– J'ai fait trois ans d'école de musique, m'a expliqué Clément. Je jouais de la trompette. Mais le classique, je trouvais ça trop strict. Je ne m'amusais pas. Alors je me suis mis à la batterie, et depuis je m'éclate !

Je n'ai pas su quoi lui dire. Cette idée de *s'amuser* en musique… c'était étrange pour moi. Je n'y avais jamais vraiment réfléchi. Pour moi, la musique c'est, comment dire ? Comme la respiration. On n'y fait pas spécialement attention. Sauf qu'on en a besoin pour vivre.

Clément a poursuivi :

– Clara, ma sœur, continue la musique. Enfin, c'est comme ma sœur. La fille de la compagne de mon père. Elles ont habité ici jusqu'à l'été dernier, et puis… je ne sais pas. Elles sont parties. Peut-être qu'elles reviendront. Enfin, si mon père accepte d'enfermer ses poulets.

Je remarque son air triste. On dirait qu'il aimait beaucoup sa belle-mère et sa presque-sœur. Mais je ne trouve rien à lui répondre. Je n'ai pas l'habitude qu'on se confie à moi ainsi. Avec mes parents, les relations sont beaucoup plus simples. Nous communiquons essentiellement quand nous jouons ensemble.

Ma mère (ou mon père) : Je vous demande pardon, j'ai joué un fa *bécarre ; en fait, le travail me préoccupe un peu en ce moment.*

Mon père (ou ma mère) : Ce n'est pas grave, mon trésor. Jouons quelque chose de plus gai, ça te fera du bien.

À y réfléchir, d'ailleurs, il est même arrivé que nous exprimions ces pensées à haute voix. Quand nous jouons ensemble, il nous suffit d'un regard pour nous comprendre.

Ou alors, c'est que nous ne parlons jamais ?

Clément a repris :

– Elle jouait de la clarinette. Clara, je veux dire. Je me moquais d'elle, à cause de son prénom. Enfin, tu comprends. Clara, Clarinette. Elle est très douée, tu sais. On faisait des duos de jazz…

Un peu plus tard, il m'a montré une photo d'elle. C'est une fille plutôt grande, avec de longs cheveux roux. Je l'ai trouvée très belle. Je n'ai pas osé le dire.

– Le synthé, c'était le sien. Enfin, c'est toujours le sien. Mon père me répète qu'elles reviendront peut-être. Quand il aura réglé cette histoire avec les poulets. Mais je ne suis pas sûr de le croire. On ne se sépare pas juste pour des poulets, si ?

Une fois encore, je n'ai pas répondu. Parce que je n'en savais rien. Parce que les histoires de famille des autres m'ont l'air très compliquées. Parce que j'ignore complètement comment on réconforte quelqu'un – à part en lui proposant de jouer un morceau de musique. Et aussi parce que personnellement, pour rien au monde je n'accepterais de vivre entouré de poulets.

Encore que j'aie un peu moins peur, à présent. J'arrive à traverser la cour tout seul et sans paniquer.

Finalement, je trouve Clément vraiment sympathique. Je me demande pourquoi je le surnommais « Brutus » en début d'année. C'est vrai qu'il est grand et costaud mais, contrairement à ce que je pensais, c'est un garçon au caractère doux et ouvert. Un peu rêveur, peut-être. Je me rends compte que parfois, quand il s'exprime, les deux autres le regardent avec un certain étonnement. Comme s'il n'appartenait pas à la même planète qu'eux. Je connais bien ce regard…

– *Lost in ho…oooo… llow !*

Fin du morceau dans un déluge de cymbales. Estebán lance un regard fier en direction des deux filles appuyées contre le mur en face de nous :

– Alors, qu'est-ce que vous en dites ?

Cindy bat des cils sur un tempo *prestissimo.*

– Vous êtes super ! Troooop forts !

C'est tout à fait mon avis. Du moins en ce qui concerne la deuxième partie de la phrase.

Elle s'approche d'Estebán tandis que Jeanne rejoint Adrien. Clément et moi échangeons un regard désabusé : c'en est fini de la répétition pour aujourd'hui. Qu'importe. D'après moi, Estebán et Adrien ne devraient plus tarder à se lasser du « groupe » – surtout maintenant qu'ils ont pu faire leur petit numéro devant les filles… Si je ne me trompe pas, les répétitions du samedi ne passeront pas Noël.

C'est alors qu'Adrien lâche sa bombe :

– Les gars, j'ai une surprise pour vous !

Tout le monde le regarde avec curiosité. Il profite quelques secondes de cet instant de gloire avant de lâcher :

– On fait notre premier concert le mois prochain !

5
Le pire concert de l'histoire du rock

Cette fois, j'en suis certain : Adrien ne viendra pas. Quant à Estebán… il vaudrait mieux qu'il ne soit pas là.

Ce que c'est lourd, une batterie ! Même si ça se démonte entièrement, il faut transporter les pieds, les fûts, les cymbales… Ça n'en finit jamais.

Nous avons commencé à déménager nos instruments et les amplis en début d'après-midi avec la fourgonnette du père de Clément. Direction la salle polyvalente d'Espiroux, qu'on nous prête pour l'occasion.

Je ne sais pas comment Adrien s'est débrouillé pour obtenir l'autorisation, mais voilà, nous y sommes : depuis une semaine, dans les couloirs du collège et un peu partout dans la ville, des affiches réalisées à la main (par Clément et moi bien entendu) annoncent le premier concert de notre groupe.

– Maiscommentonvas'appeler ? a demandé Estebán le jour où Adrien a annoncé la nouvelle.

– J'ai pensé à *Ozone*. Ou *Dark Matter*.

– Tropnul. *Killers*. C'estbien*Killers*.

Clément a eu l'air dubitatif. Pour ma part, j'ai pensé à *Brutus & Cie*, mais je n'ai pas osé le proposer. Adrien et Estebán ont continué à lancer des mots anglais. Je ne suis pas sûr qu'ils en connaissaient le sens. Alors j'ai proposé :

– Les *Fearless Chicken* ?

C'était une plaisanterie, mais Adrien et Estebán l'ont prise très au sérieux.

– Trop bon ! Ça sonne super bien !

– Vous êtes sûrs ? Mais, euh… vous savez ce que ça veut dire ?

– C'estpasgravecequeçaveutdire. *FearlessChicken*, j'aimebien.

J'ai eu beau leur traduire le nom en français, ils n'ont pas changé d'avis. C'est ainsi que nous sommes officiellement devenus les « Poulets Intrépides » (ce qui selon mon père signifie également les « Lâches Intrépides »).

J'ignore ce que ça peut signifier pour l'avenir du groupe. En revanche, je suis certain d'une chose : nous ne sommes pas prêts. Pas du tout.

Curieusement, je n'ai jusqu'ici jamais eu le trac avant un concert. Mais il s'agissait de concerts classiques, d'auditions ou de récitals. Je n'avais qu'à monter sur scène, à m'asseoir derrière le piano, à jouer le morceau puis à repartir. Cela me paraissait très simple. Naturel.

Dès que je prenais place sur mon tabouret, j'avais l'impression d'être chez moi. C'est pour ça que j'ai passé (et réussi) autant de concours : je n'ai pas peur.

Alors pourquoi est-ce que, depuis ce matin, je me sens si inquiet ? Ce n'est pas que je redoute que nous jouions mal. Là-dessus, je n'ai aucune illusion : les arrangements restent très approximatifs, les chansons sont inabouties et la voix d'Estebán ne s'est pas améliorée le moins du monde malgré les répétitions. Non, aucun doute à ce sujet : le concert sera une catastrophe.

Et alors ? Avec un peu de chance, il marquera la fin du groupe, et je serai libéré.

Je ne confie mes sentiments à personne. Qui pourrait me comprendre ? Mais je dois avouer que, depuis deux jours, je me sens nerveux, fiévreux. J'ai les jambes qui tremblent. Ce matin, je me suis levé avec la gorge endolorie.

Minute. Et si ça n'avait rien à voir avec le concert ? Et si ces maudits poulets avaient fini par m'avoir ? À tous les coups, j'ai attrapé une forme nouvelle de grippe aviaire. Dire que j'avais cessé de me méfier… Ils m'ont eu par la ruse. Saleté de volatiles.

– Ça va, mon gars ? Tu n'as pas l'air dans ton assiette.

Le père de Clément s'adresse à moi avec sollicitude. Il décharge la grosse caisse comme si elle ne pesait pas plus qu'un poulet mort. Il tente de me rassurer :

– Ce doit être le trac…

Si seulement !

La salle omnisports d'Espiroux me paraît immense – la taille d'un terrain de handball, en fait. La scène, elle, est minuscule – une simple estrade contre le mur du fond. Pendant que Clément monte sa batterie, nous y empilons tant bien que mal les amplis. Enfin, quand je dis « nous », je parle du père de Clément et de moi. Estebán, lui, se contente de tourner en rond dans la salle, en faisant mine de chauffer sa voix sur nos morceaux. Il ne s'interrompt que pour critiquer l'acoustique de la salle, notre façon de placer les micros ou les enceintes, ou encore pour pester contre Adrien qui vient de lui envoyer un texto disant *« J sré 1 pe en rtar dsl »*. Finalement, au bout d'une demi-heure de vaine agitation, Estebán quitte la salle, soi-disant pour partir à la recherche de notre guitariste.

– De toute façon, j'avais promis à Cindy de passer la chercher. Je reviens tout de suite.

Vers seize heures, nous avons enfin terminé notre installation. Clément tape quelques coups timides sur sa caisse claire… et il s'interrompt immédiatement.

Autour de nous, l'écho résonne pendant de longues secondes.

Nous échangeons un regard consterné. Estebán avait raison : l'acoustique de la salle est lamentable. On se croirait dans un hangar. Ce qui, d'ailleurs, est presque le cas.

J'allume le synthé et nous jouons ensemble les premières mesures de notre reprise de *Roll Over Beethoven*. À quelques mètres de la scène, devant nous, le père de Clément grimace.

– Le son n'est pas terrible…

C'est le moins qu'on puisse dire. Les notes se répercutent dans tous les sens – une vraie bouillie sonore. Comme si cela ne suffisait pas, la tête me tourne. Mais qu'est-ce que je fais là ?

C'est le moment que choisit Adrien pour débarquer, l'air faraud :

– Désolé, j'étais avec Jeanne… Estebán n'est pas encore arrivé ? Comment ça se fait ?

Avec une patience remarquable, Clément lui explique que notre chanteur est parti le chercher. Il lui propose, avant le retour d'Estebán, de procéder à un essai de son.

– Ouais, ouais, pas de problème… Sauf que j'ai pas pris ma guitare. Je vais aller la chercher chez moi. Vous m'attendez ici ?

Comme si nous avions une autre solution ! Nous patientons donc encore un bon quart d'heure, sans seulement pouvoir jouer un morceau tant l'écho est insupportable. J'ai l'impression que même Clément est à la limite de perdre patience.

Enfin, Adrien est de retour, son étui à la main. Jeanne l'accompagne. Comme elle le couve d'un regard plein d'admiration, il prend tout son temps pour monter sur scène et brancher sa guitare. Il nous adresse un petit sourire suffisant avant de lâcher :

– Allez, ne vous inquiétez pas, les gars, on va assurer comme des bêtes. Vous me suivez ? Une, deux, trois, quatre et…

Il plaque un accord. Un claquement sec retentit. Seule la batterie continue à jouer. Plus de son pour la guitare, ni pour le synthé. Adrien s'arrête et nous regarde avec stupéfaction.

– Ben, qu'est-ce qui se passe ?

Le père de Clément secoue la tête, désolé :

– Ça, je crois bien que ce sont les plombs qui ont sauté…

J'ai de plus en plus mal à la tête. Il faut que je m'assoie. Il faut que je rentre chez moi. Que je m'installe dans mon salon de musique, devant mon piano. Ou que je m'effondre dans mon lit. Je voudrais simplement que tout ça s'arrête enfin…

Ce sont les parents qui nous ont tirés d'affaire. Et d'abord Alain – c'est le prénom du père de Clément, et il a insisté pour que je l'appelle comme ça. Avec une expression concentrée, il a entrepris de réparer le compteur électrique de la salle. Au bout de longues minutes, il s'est redressé pour lancer :

– Ça devrait tenir… Enfin, j'espère.

Puis papa et maman sont arrivés. Ils m'avaient demandé la permission de venir me voir avant le concert. Quand il s'agit de musique classique, d'une audition ou d'un concours par exemple, je préfère en général qu'ils ne soient pas là. Je les sens toujours un peu anxieux, et ça peut me déconcentrer. Mais avais-je vraiment besoin de concentration pour un simple concert de rock ?

De toute façon, ils ont tellement insisté que je n'ai pas pu leur dire non. Bien m'en a pris, puisque c'est eux qui ont résolu le problème de l'acoustique. Ils m'ont surpris par leur débrouillardise : dans le vestiaire de la salle polyvalente, ils ont trouvé une série de vieux rideaux qu'ils ont tendus avec des câbles le long des murs pour couper la réverbération du son. C'était très efficace. Vers dix-huit heures, nous étions enfin prêts à commencer une vraie répétition – la toute dernière avant le concert qui devait avoir lieu à vingt heures.

Sauf que, malgré les textos de Clément et d'Adrien, Estebán manquait toujours à l'appel.

Au bout d'un moment, à bout de patience, Adrien a décrété :

– Tant pis, on commence sans lui.

Il s'est avancé d'un pas et, au signal de la batterie, il s'est mis à chanter. Quand sa voix a retenti dans les enceintes, Clément et moi avons échangé un regard surpris. Il nous était déjà arrivé de répéter sans Estebán, avec Adrien en guise de chanteur ; mais jusque-là, il n'avait pas utilisé de micro. Or, nous découvrions qu'il chantait plutôt bien. En tout cas, beaucoup mieux qu'Estebán.

De toute évidence, c'était aussi l'avis du petit auditoire qui s'était rassemblé devant nous – mes parents et Alain, mais aussi plusieurs élèves du collège qui nous avaient rejoints. Des *camarades de classe*, auraient dit mes parents. À ce moment-là, je me suis rendu compte avec une certaine surprise que non seulement je connaissais leurs prénoms, mais que j'avais même parlé avec un certain nombre d'entre eux. Décidément, les choses avaient changé depuis la rentrée…

Dans la salle, tout le monde souriait et tapait du pied en rythme (c'est une vraie manie, dans le rock !). Quelques filles se sont mises à danser.

Un instant, je me suis demandé ce qui se passerait dans une salle de concert classique si les gens décidaient soudain de se lever de leur fauteuil et de se trémousser en rythme. Mais à vrai dire, dans les circonstances actuelles, ces manifestations d'enthousiasme n'étaient pas pour me déplaire.

D'autant plus que, derrière le petit groupe qui se tenait en face de la scène, j'ai repéré une longue chevelure rousse.

Autre nouveauté pour l'ancien Homme invisible, devenu Bassman, devenu Jean-Seb (je n'aime pas trop ce surnom, mais c'est la première fois qu'on m'en donne un alors je ne proteste pas) : depuis quelques semaines, je porte mes lunettes *fantaisie* quasiment en permanence. C'est drôle comme le monde autour de moi s'en trouve changé. Avant, il était flou et inquiétant. À présent, il est net, précis… et toujours inquiétant. Mais peut-être un tout petit peu moins.

– Leslunettesc'estpasrock, a marmonné Estebán une fois ou deux.

Vous me croirez si vous le voulez, mais je ne les ai pas enlevées pour autant.

C'est donc grâce à mes lunettes que j'ai reconnu la jeune fille à la chevelure rousse qui nous observait en souriant. J'avais déjà vu son visage sur la photo dans la chambre de Clément : c'était Clara, sa presque-sœur. Elle était accompagnée d'une femme élégante qui discutait avec Alain.

– Lost in hooo-llow…

Adrien entonnait un refrain tonitruant quand les plombs ont sauté une nouvelle fois.

Il est vingt heures quarante-cinq. Je tremble et je claque des dents, l'estomac noué.

C'est peut-être le trac, la grippe aviaire ou un virus mutant inconnu transmis par des poulets sournois. Je l'ignore et, au point où j'en suis, ça n'a plus d'importance. Tout ce que je sais, c'est que je ne vais pas bien du tout. D'ailleurs, rien ne va.

Il a fallu plus d'une heure à Alain pour enfin trouver et réparer définitivement la cause de la panne électrique. C'était un court-circuit dans l'ampli de mon synthétiseur.

– Heureusement que tu n'y as pas mis les doigts, ça aurait pu te faire une drôle de surprise !

J'ai toujours pensé que ces instruments électriques étaient un danger…

Mais nous n'étions pas tirés d'affaire pour autant. Car nous nous trouvions confrontés à un nouveau problème : Estebán était revenu. Sans Cindy. Et il était furieux. Il est monté sur scène d'un pas rageur et s'est planté devant Adrien :

– T'essaiesd'mepiquermaplace, c'estça ?

L'autre s'est défendu – assez mollement, il faut le reconnaître :

– C'est juste parce que t'étais pas là… Comment tu voulais qu'on fasse la balance, hein ?

Sans répondre, Estebán l'a bousculé pour s'emparer du pied de micro et se placer au milieu de la scène.

– Onverraçaplustard. Alléonyva. Unetdeux-ettroisetquatre…

Sa voix a retenti dans la sono. Et tous les gens dans la salle ont fait la même grimace.

C'était encore pire qu'en répétition. Parce que, ici, on l'entendait vraiment.

À la fin de la chanson, plus personne ne dansait. Les gens échangeaient des regards gênés. Dans la lumière de l'unique projecteur, je voyais miroiter les verres de lunettes de mes parents. Ils me fixaient avec une expression atterrée. Je crois qu'ils venaient de comprendre à quoi ils m'avaient condamné en m'obligeant à participer à ce groupe.

Adrien s'est approché d'Estebán et lui a glissé quelques mots à l'oreille. J'ignore ce qu'il lui a dit au juste, mais l'effet ne s'est pas fait attendre. La seconde suivante, ils ont tous les deux quitté la scène d'un pas rageur et ils se sont enfermés dans les vestiaires. Ils ont eu beau claquer la porte violemment derrière eux, tout le monde a entendu s'élever les premiers échos d'une dispute homérique. Ni Clément ni moi n'avons osé continuer à jouer. Nous avons préféré prendre une pause à l'extérieur de la salle, avec nos parents et le petit groupe d'amis qui étaient là.

C'est là que j'ai fait la connaissance de Clara. Question dialogue, ça a donné quelque chose comme :

– Bonjour, Jean-Sébastien, Clément m'a beaucoup parlé de toi. Tu joues vraiment très bien du piano.

Je pense que le mot qui m'est sorti de la bouche ressemblait à *Grouiiixxplllllkrrrsri.* Même Estebán n'aurait pas fait plus incompréhensible.

Malgré tout, grâce à la présence de Clément et de nos parents, nous sommes parvenus à discuter un petit moment ensemble. C'est étrange : en présence de Clara, j'ai vite oublié le trac et la migraine.

Vers vingt heures trente, une petite quarantaine de personnes s'étaient regroupées devant les portes de la salle polyvalente. Nous n'avions pas le choix : nous avons décidé de les faire entrer.

Dix minutes plus tard, Estebán et Adrien sont sortis des vestiaires. Le premier, visiblement toujours aussi furieux, a quitté la salle sans même un regard dans notre direction. Adrien nous a rejoints, l'air sombre. Il a annoncé :

– Les gars, on n'est plus que trois. Voilà. Maintenant, c'est moi qui chante.

Curieusement, je me suis senti un peu soulagé. Mais ça ne changeait rien au fait que j'aurais donné n'importe quoi pour être ailleurs en ce moment.

– Bon, on y va ? a demandé Clément.

J'ai gravi les trois marches de l'estrade comme on monte à l'échafaud.

J'aime cette musique. Le rock.

J'aime ce que nous faisons.

Clément est parfaitement en rythme ; la guitare d'Adrien sonne juste, sa voix est claire, mélodieuse ; et mes mains se promènent librement sur le clavier, martelant la basse tout en créant de nouveaux arrangements. J'improvise, et Clément me fait un clin d'œil : ça marche ! Je me sens aussi bien que dans toutes les auditions que j'ai pu passer auparavant. Mieux, même. Je tape du pied en rythme, mes hanches bougent d'elles-mêmes… mais nom d'un chien, je danse !

Dans le public, les gens font de même. Ils rient, sifflent avec entrain et tapent dans leurs mains. Dans la lumière du projecteur, j'aperçois mon père qui lève un pouce enthousiaste. Plus loin, Alain et la mère de Clara, enlacés. Et Clara elle-même, qui me regarde et sourit…

Oublié la migraine, les mains qui tremblent, le ventre noué. Je ne me suis jamais senti aussi bien de ma vie. C'est mon plus beau concert. J'adore le rock.

Un et deux et trois et…

C'est à cet instant précis que mes jambes se dérobent sous moi et que je bascule en avant sur mon synthé. On dirait que quelqu'un a coupé le son et la lumière.

Je m'effondre de tout mon long sur la scène.

6
La fugue d'autrefois qu'on jouait tous les trois

– Trois, quatre…
On était malhabiles,
Elle était difficile,
La fugue d'autrefois qu'on jouait tous les trois.

La clarinette reprend le thème du piano, les notes s'entremêlent sur un rythme délicat souligné par des frottements de balais sur le *cajón* ; Clara me regarde et je lui souris.

Et disait reprenez à mi fa mi fa mi ré.

Clément et Clara chantent et leurs voix se complètent. Par la fenêtre, le premier rayon de soleil d'avril pointe son nez ; la lumière de l'après-midi tombe en oblique dans le salon de musique et mon piano noir brille comme jamais.

Tout à l'heure, nous irons goûter dans la cuisine. Si mes parents sont rentrés, ils nous proposeront sans doute de jouer un morceau avec eux. Nous nous amusons beaucoup, tous les cinq, à reprendre des chansons des Beatles, des airs de jazz et même des mélodies pop que

Clément et Clara nous font découvrir. Il est même question que nous donnions bientôt un concert – mais en trio, sans les adultes. Notre groupe s'appelle *La Petite Fugue.*

À la fin du cours de musique, vendredi dernier, la prof m'a demandé d'interpréter un morceau avec Clément. Nous avons joué *Blue Rondo à la Turk*, de Dave Brubeck. Quand nous avons terminé, tout le monde nous a applaudis. Y compris Adrien.

– C'estpasrockmaisj'aibienaimé, a-t-il commenté en imitant la voix d'Estebán.

Tous les deux se sont réconciliés quelques jours après le concert. Estebán a décidé d'arrêter le chant et d'apprendre la basse. Il me demande parfois des tuyaux sur la théorie musicale, et je suis ravi de les lui donner. Une fois même, il m'a remercié distinctement.

Avec Clément et Adrien, ils ont décidé de continuer le groupe, et il m'arrive d'assister à leurs répétitions. Je ne joue plus avec eux – ils trouvent que la formation guitare/basse/batterie a « *pluslapêche* ».

Ce n'est pas moi qui leur dirais le contraire. Entre mes exercices de piano et les répétitions avec Clément et Clara, je n'ai pas beaucoup de temps libre…

Néanmoins, je crois que j'apprécie de plus en plus leur musique. Il m'arrive de leur glisser un petit conseil – que, miracle, ils écoutent ! – et j'envisage même de leur proposer une composition. Une chanson que j'ai écrite en anglais, avec un petit coup de main de mon père. Une chanson qui parle d'amour.

Mais j'hésite encore. J'ai peur de devoir leur avouer que cette chanson, je l'ai composée en pensant à Clara.

– On en joue une autre, Jean-Sébastien ?

J'acquiesce avec enthousiasme, et nous entamons *The Entertainer.*

Oh, n'allez pas croire que tout est rose pour moi. Pour commencer, il m'est arrivé une tuile terrible. Pire que le rock. Dorénavant, je dois faire du *sport.*

Le soir du concert, je me suis réveillé dans mon lit. Mes parents étaient à mon chevet, accompagnés d'un médecin qui a replié son stéthoscope avec un sourire confiant.

– Pas d'inquiétude. Il a une grosse angine, voilà tout. Avec le trac par-dessus, ça explique son petit malaise… Mais rien de bien méchant, je vous assure. Cela dit, il me paraît un peu mince, pour un garçon de son âge. Il fait du sport, au moins ?

Mes parents se sont regardés, interloqués. Les activités physiques ne font pas vraiment partie des habitudes familiales, et entre mon asthme et ma scoliose, j'ai été dispensé des cours d'EPS pratiquement tout au long de ma scolarité.

– Ça lui ferait le plus grand bien, vous savez. La marche, la natation, le vélo…

Et c'est ainsi que mon père a décidé que nous nous mettrions tous les deux au cyclisme. Du coup, tous les week-ends depuis trois mois, je me retrouve à le suivre sur les petites routes de campagne, transpirant et hors d'haleine pendant qu'il s'exclame :

– Tu as vu comme le paysage est beau ? Décidément, cette région est magnifique !

J'ai bien envie de lui répondre que la vue serait tout aussi magnifique depuis l'intérieur de notre voiture. Mais je ne pipe mot – je préfère économiser mon souffle. Il faut se rendre à l'évidence : je déteste le sport sans doute encore plus que je ne détestais le rock'n'roll.

Dimanche dernier, nous avons roulé jusqu'à la ferme de Clément. Alain a enfin construit un enclos pour parquer ses maudits poulets. Est-ce pour cette raison qu'Alice, la maman de Clara, est revenue vivre avec lui ?

Clara. Chaque fois que je la retrouve, un petit air gai se met à jouer dans ma tête.

Enfin, je parle des jours où – contrairement à dimanche dernier – je ne me présente pas devant elle avec mon short de cycliste, mon casque affreux et la transpiration qui dégouline sur mon t-shirt…

Au collège, je ne suis plus l'Homme invisible : je suis Jean-Sébastien, le pianiste-qui-s'évanouitsur-scène. Je ne sais pas vraiment si je préfère ça à l'anonymat mais, en plus d'Adrien, de Clément et d'Estebán, je me suis fait quelques copains qui ne me regardent pas trop bizarrement. Je *m'adapte*, comme a dit le conseil de classe. Et j'en suis le premier surpris. C'est moins compliqué et effrayant que je l'imaginais.

Pour en revenir au premier concert des *Fearless Chicken* : d'après tous les témoins, il était mémorable. Au moment du dernier morceau, je suis tombé comme une masse en travers de la scène. En renversant mon synthé, j'ai déclenché un nouveau court-circuit qui a fait sauter les plombs de la salle. Résultat, le public s'est retrouvé dans le noir, avec seulement le bruit de la batterie de Clément. On m'a parlé d'un début de panique, vite apaisée par Alain qui a tout simplement rétabli l'électricité. Mes parents étaient très inquiets, bien sûr, mais un médecin se trouvait dans la salle et il les a immédiatement rassurés sur mon état de santé avant qu'on me transporte chez nous en voiture.

– En tout cas, me dit souvent mon père, c'était un concert in-ou-bli-able !

Je ne sais pas s'il plaisante. Pour moi, ça reste quand même le pire concert de l'histoire du rock. Mais je dois reconnaître que je n'ai pas beaucoup d'éléments de comparaison. Et j'ai décidé d'en rester là : si ça ne tient qu'à moi, je n'assisterais plus à un seul concert de rock de ma vie, que ce soit dans le public ou sur scène. Après tout, les disques suffisent, non ? Et on peut les arrêter ou baisser le volume à volonté…

Nous achevons *The Entertainer* en échangeant un sourire ravi. Clara repose sa clarinette, Clément et moi nous levons. Tous les trois, nous rejoignons la cuisine. Je leur propose du jus d'orange et une part du cake de ma mère. Je n'arrive pas à comprendre qu'ils apprécient, mais c'est un fait : ils en redemandent à chaque fois.

C'est alors que Clara déclare :

– Les garçons, j'ai une surprise pour vous ! Samedi prochain à Guéret, il y a un concert de…

Elle prononce un nom anglais – que bien sûr je n'ai jamais entendu – et poursuit :

– J'adore ce qu'ils font. C'est du bon gros rock ! Ma mère est d'accord pour m'accompagner, ça vous dirait de venir avec nous ?

– Pas de problème, répond Clément. Et toi, Jean-Sébastien, tu viendrais ?

Je ne réponds pas tout de suite. Je regarde Clara. Clara et ses cheveux roux, Clara et son joli sourire. Clara qui me traite comme si je n'avais jamais été un Homme invisible.

Je suppose que finalement, ce n'était pas mon dernier concert de rock…

Table

Derniers titres parus aux éditions Thierry Magnier

Collection « Romans »

La Source
de Maxime Fleury
Albeda et Tilo marchent pour accomplir leur Errance. Leur mission ? Rapporter au clan le secret de la Source, dont la légende dit qu'elle permettra de retrouver l'abondance perdue. Mais comment trouver la Source sur la Terre stérile ?

Prends ta pelle et ton seau et va jouer dans les sables mouvants
de Hervé Giraud
Il s'appelle Anton et vit à bord d'une barge déglinguée, amarrée sur le fleuve. Une belle crête rouge orne son crâne. Fâché avec le collège, il vient de s'en exclure lui-même et se lance dans les affaires. Hélas, il n'est pas très doué, et ses complices, pas très honnêtes ; heureusement, il y a Dune, qui est belle comme un soleil...

Un ours dans la bergerie
de Quitterie Simon
Elias adore la nature et les balades dans les Pyrénées. Son père élève des moutons, et la colère gronde contre les défenseurs des ours alors que les troupeaux sont attaqués. Aussi lorsque Elias trouve un ourson orphelin blessé, il sait bien qu'il ne pourra pas le rapporter à la maison. Il ne se résout pas non plus à l'abandonner à une mort certaine.

L'Été de mes nuits blanches
de Pauline Penot
Gaël est condamné à travailler tout l'été au château de Blois. Il s'apitoie sur son sort et le compare à celui d'Alix, sa sœur : brillante, extravertie, noctambule avertie. Pourtant, en partageant ses insomnies avec sa belle-mère et François Villon autour de verres de porto, il voit la vie d'un autre œil, extravagante et surprenante.

À ma source gardée
de Madeline Roth
Jeanne retrouve une bande d'amis à chaque vacances dans le village de sa grand-mère. Lucas se joint à eux, Jeanne en tombe amoureuse, éperdument. Lui aussi sans doute. Ce bonheur l'habite, elle en aime le secret, elle aime tout de lui. L'été suivant alors qu'elle revient par surprise, elle comprend que cet amour n'est pas complètement réciproque, pas comme elle le pensait.

Adrien et l'île aux scorpions
de Simon Second
Son père lui avait promis une nouvelle traversée, c'est à Tokyo que Adrien retrouve Maelys un an après pour un embarquement dans le train sous-marin. Le projet titanesque du père d'Adrien nécessite de grandes équipes d'ingénieurs et d'ouvriers qui œuvrent sans relâche,

au milieu des grands fonds. Alors que le chantier avance peu à peu, les mosasaures géants des failles sous-marines rôdent.
L'aventure continue Maelys et Adrien ont pris de l'assurance, leur vigilance et leur sens de l'observation permettront-ils de déjouer les complots de l'infâme Rotten qui ne renonce pas à son projet de sabotage ?

Tout en haut du monde
de Régine Detambel
Éprise de liberté, Siri mène une vie dorée et parfaitement ennuyeuse. Nous sommes à Stockholm en 1800. Loin des préoccupations de ses parents, elle rêve d'aventure, de liberté, et guette avec impatience les retours de son oncle Aurel, botaniste et physicien, qui parcourt les mers du monde, lunette astronomique et herbier à la main. Pour les quinze ans de sa nièce, Aurel lui propose d'embarquer à ses côtés pour un grand voyage scientifique. Direction l'Amérique du Sud, l'Amazone et les jungles obscures...

Le Pire concert de l'histoire du rock
de Manu Causse
Surtout ne pas se faire remarquer, être transparent au collège, pour les profs, pour les autres élèves, ça il savait bien le faire Jean-Sébastien Leforestier. Maintenant qu'il habite une petite ville c'est fini, ici tout le monde le connaît, son secret est dévoilé. Pianiste classique, il ne vit que pour sa passion. Contrairement à ce qu'il pensait (ah les préjugés !), non seulement personne ne se moque de lui, mais le voilà recruté dans un improbable groupe de rock très très amateur.

La Cérémonie du café
de Franck Krebs
Leïla a la garde de sa jeune sœur Sabbah et tient à l'élever correctement. Aussi Sabbah doit-elle, aussitôt la classe terminée, filer chez les Mavre, les voisines du dessous. La très vieille Mme Mavre qui a dépassé le cinquième âge et sa fille Brigitte, pas très jeune non plus. Ce que Leïla ignore, c'est que chez les Mavre c'est mieux qu'au cinéma : action garantie, en direct, avec son dolby stéréo, selon l'humeur de Brigitte.

Yankov
de Rachel Hausfater
Yankov est un des enfants rescapés des camps de la mort. À la fin de la guerre, avec d'autres comme lui, ils sont recueillis dans une maison d'enfants. Mais comment redevenir un enfant quand on a vécu l'horreur ? Comment continuer à vivre quand on a tout perdu ? Le temps passe et, grâce à une directrice bienveillante, Yankov retrouvera le goût de la vie, le goût des autres.

Cavalcades
de Florence Thinard
Dernière chance pour quatre ados qui doivent passer l'été au centre équestre du Clos Vert. C'est ça ou le centre éducatif fermé. Félix, le petit-fils d'Amédée et Suzanne, qui y est pour les vacances comme chaque année, se sent envahi par ces ados mal élevés et qui ignorent tout des chevaux. Mais le centre est au bord de la faillite à cause d'un

concurrent malhonnête. Lorsqu'ils l'apprennent, les ados se démènent pour trouver des solutions, et, des idées, ils en ont.

Je suis l'idole de mon père

de Arnaud Cathrine

Avoir un père auteur jeunesse dont les romans s'inspirent directement de votre vie est tout à fait insupportable pour Doriand. Aussi pour les vacances d'été, son père et lui ont passé un pacte de non-agression. Mais c'est dans cette station balnéaire qu'habite la famille du père, avec laquelle il a rompu depuis longtemps. Quand Doriand l'apprend, il va forcer la porte de la belle demeure pour comprendre d'où vient son père et pourquoi il ne dit rien de ce temps-là. Pourtant il y aurait de quoi faire un beau roman...

Jusqu'au bout du secret

de Marianne Rubinstein

Arrivé de Brest à Paris pour son entrée en sixième, Jules se lie d'amitié avec son voisin de palier, le vieux M. Langman. Quand il apprend que son père n'a pas disparu au milieu de l'Atlantique et que sa mère lui a menti, il se prend à rêver de le retrouver, à l'autre bout du monde...

Le Jour d'après

de Christophe Léon

Tilly déserte la maison pour fuir son père, Fred a fait du métro son terrain de jeux favori. Ils ne se connaissent pas ; un jour Fred va prendre la défense de Tilly contre un homme trop entreprenant. Et les voilà embarqués dans une cavale, la police aux trousses.

Cette fille a du style

de Marie-Sophie Vermot

Damienne rêve de travailler dans la mode. Sa mère lui trouve LE bon plan : un stage chez la jeune et prometteuse styliste Tosca della Valle. Cette fois, c'est certain, elle a trouvé sa voie.

Ça déménage au 6b

de Muriel Zürcher

Chronique joyeuse d'un immeuble et de ses habitants, où une mère bourgeoise se révèle rebelle, son fils cancre dévoile ses talents, le vernis de sa grande fille parfaite se craquelle et où l'on assiste à la naissance, très rare, d'une portée de mygales, très attendrissante.

Le Jour où on a retrouvé le soldat Botillon

de Hervé Giraud

Le soldat Botillon part à la guerre de 14 et se retrouve au front sans rien comprendre de ce qui lui arrive. Cent ans plus tard une réunion de famille célèbre l'anniversaire de leur aïeule, la fille du soldat Botillon, qui n'a jamais connu son père disparu lors des combats.

Adrien et le train des abysses

de Simon Second

Pour son anniversaire, Adrien reçoit un billet de train La Rochelle-New York. Embarquement pour une grande aventure sous-marine avec Maëlys, la petite-fille intrépide du commandant. Des incidents mécaniques se répètent, n'y aurait-il pas un traître à bord ?

Les Ailes de la Sylphide
de Pascale Maret
La Sylphide, c'est un elfe des bois doté d'ailes translucides. La Sylphide, c'est aussi un ballet dont Lucie rêve de danser le rôle-titre. Mais à trop vouloir incarner ce personnage, Lucie finit par constater sur elle les symptômes d'une étrange métamorphose...

La Tête dans les choux
de Gaia Guasti
Ah le retour à la terre ! Le charme de la campagne, les délices des bains dans la rivière glacée, voilà ce que les parents de Margotte ont décidé de vivre en s'installant dans un hameau de dix-sept habitants, en Ardèche. Pourtant, très vite, Margot va comprendre que même dans un village perdu, il reste des mystères à élucider.

Des étoiles au plafond
de Johanna Thydell traduit du suédois par Agneta Ségol
Tout allait bien pour Jenna, quand sa mère est tombée malade. Et franchement, gérer le quotidien, les courses, les repas, le ménage, ça n'a rien de drôle. Heureusement il y a Susanna, sa meilleure amie, celle avec qui elle peut fantasmer sur Sakki et partager sa haine pour sa voisine Pénélope, pourtant adulée par tous au collège.

Meilleur jeune espoir féminin
de Marie-Sophie Vermot
Fille de l'employée de maison, Damienne passe ses vacances dans la grande demeure des patrons, au bord de la mer. Exaspérée par sa situation, elle se transforme en Isild, fille de bonne famille, pour les copains rencontrés sur la plage. Difficile de mentir alors que tout le monde se connaît dans cette petite station balnéaire, même quand on a un vrai talent de comédienne...

De l'autre côté de l'île
de Allegra Goodman traduit de l'anglais (États-Unis) par Jean Esch
Sur l'île 365, tout est très bien organisé, chacun obéit strictement aux règles définies par la Mère Nourricière qui a su dompter la nature et le climat, mettant à l'abri la Communauté. Oui mais à l'abri de quoi ? Et qu'arrive-t-il si on refuse d'être comme tout le monde, si l'on est trop curieux ? Honor, après avoir tout accepté, va poser trop de questions...

L'Ombre d'un père
de Florence Cadier
Gary vit seul avec Nicole, sa mère, à Wellington en Nouvelle-Zélande et ne sait rien de son père. Obstinément et malgré les demandes répétées et insistantes de son fils, Nicole ne veut rien dire. Gary promène sa mélancolie et sa sourde révolte, obsédé par ce qu'il pense être un secret honteux. Aussi lorsqu'un soir, dans un bar, une jeune Française l'aborde en lui disant qu'elle sait des choses sur son père, Gary est bouleversé. Mais rien ne se passe comme prévu.

La Tête au ciel
de Régine Detambel
À l'âge de cinq ans, Lola a dû suivre sa mère au Canada, et les liens

se sont peu à peu distendus avec Philippe, son père, resté en France. Dix ans plus tard, Lola parle avec l'accent québécois, a quasiment oublié le vieux continent. Mais l'été qui vient, elle décide de le consacrer aux retrouvailles avec celui qui a choisi de vivre de manière spartiate auprès des pigeons qu'il élève, loin de tout. L'amour aidant, père et fille vont retisser une complicité faite de respect et de tendresse prudente.

Là où je vais
de Fred Paronuzzi
Il suffit parfois de 3 300 secondes pour que tout bascule. Léa, Ilyes, Clément et Océane, élèves au même lycée, vont en faire l'expérience. Ils se connaissent à peine mais ce jour-là, le temps d'un cours, chacun verra sa vie transformée. Quatre voix d'adolescents à la croisée des chemins.

Qui va loin revient près
de Christophe Léon
Kinsangani, République démocratique du Congo, 2004. Kimia, neuf ans, est confiée à un passeur pour rejoindre Paris où elle doit être « adoptée » par un couple de bourgeois. Mais la petite fille va passer huit ans recluse dans un très bel appartement où elle sera bonne à tout faire. À dix-sept ans, Kimia s'enfuit, elle se retrouve à la rue sans argent ni papiers dans un Paris qu'elle découvre...

Pieds nus dans la nuit
de Marjolaine Jarry
Louise, Tom, Claire et Baptiste sont inséparables. Ensemble, ils croient pouvoir tout affronter. Jusqu'au jour où Claire, happée par son mal-être, est hospitalisée. Louise se bat pour que ses amis restent soudés, pour que rien ne change. Il faudra à Louise beaucoup de courage et pas mal d'imagination pour faire la paix avec ses souvenirs et laisser une chance à demain.

La Vérité crue
de Patrice Favaro
Jésus passe son premier été seul loin de ses parents, dans la ferme de sa grand-mère. Un soir, il s'enfuit avec Angélina, une voisine de son âge un peu perdue et solitaire. Dans leur échappée, ils vont croiser Élie qui les prendra sous son aile et les conduira dans la montagne jusqu'à un refuge qu'il connaît bien. C'est là que vont se révéler les blessures cachées des uns et des autres.

Le Cœur n'est pas un genou que l'on peut plier
de Sabine Panet et Pauline Penot
Ernestine n'a pas la langue dans sa poche, elle se voit déjà comédienne sur les planches d'un grand théâtre parisien ! Awa, sa grande sœur, prépare son bac français. L'avenir est devant elle, mais son père a décidé de la marier cet été, au Sénégal. Les femmes de la famille vont unir leurs forces pour soutenir la jeune fille.

Les Autres Shepard
de Adele Griffin traduit de l'anglais (États-Unis) par Valérie Dayre
Holland et Geneva, les sœurs Shepard, sont très proches l'une de

l'autre. Leurs parents, plus très jeunes, sont assez distants. Annie, une mystérieuse artiste-peintre, va faire irruption dans la vie aseptisée des deux sœurs et leur ouvrir un monde plein de couleurs et de vie.

La Véritable Histoire d'Harrison Travis, hors-la-loi, racontée par lui-même
de Pascale Maret
À seize ans, Harrison abandonne l'école et choisit la liberté, campant dans la forêt, squattant les villas inoccupées, piquant de quoi se nourrir ou se distraire. Son rêve : s'envoler aux commandes d'un des avions qui font la navette entre l'archipel et le continent.

Réveille-Martin
de Youri De Paz
Martin vit vraiment dans une famille loufoque. Son père ne comprend rien à rien, sa sœur le suit partout du matin au soir, et leur mère est partie à l'autre bout du monde. Martin soigne tous les animaux qui croisent son chemin. Comment faire appel à l'imaginaire pour échapper à une réalité moins drôle...

La Faute de Rose
de Florence Cadier
Quand Rose a rencontré Sean, elle était sûre que ses parents béniraient leur mariage. Mais il n'en est pas question, Sean est un étranger, orphelin. Alors les deux amoureux s'enfuient. Rattrapée par la police, Rose est enfermée dans un couvent. Toutes les jeunes femmes qui ont fauté sont condamnées à y finir leurs jours.

Encore heureux qu'il ait fait beau
de Florence Thinard
Personne ne comprend ni pourquoi ni comment la bibliothèque Jacques-Prévert se retrouve à voguer sur l'océan. À bord, le directeur, la bibliothécaire, un prof de technologie, la sixième F au complet, et Saïd l'infernal. Une fois l'incroyable admis, il faut s'organiser.

La Randonnée
de Christophe Léon
Quoi de mieux qu'une randonnée pour réconcilier cinq adolescents en rupture avec la vie. Jeff, l'éducateur, en est persuadé. Le projet est alléchant, Jennifer, Lisa, Mariam, Damien et Lukas quasiment enthousiastes. Mais Jeff disparaît, et tout devient inquiétant...

La Petite Terreur de Glimmerdal
de Maria Parr traduit du néo-norvégien par Jean-Baptiste Coursaud
Tonje, dix ans, est la seule enfant du village. Son meilleur copain, Gunnvald, a soixante-douze ans. Ensemble ils fabriquent des bobsleighs pour dévaler la montagne à toute blinde en hurlant leur joie et leur trouille. Un jour Gunnvald reçoit une lettre qui le bouleverse, aurait-il un secret pour sa jeune amie ?

Mon père est américain
de Fred Paronuzzi
Fruit d'un amour de passage, Léo ne sait rien ou presque de son père. Tout au plus un prénom et qu'il est américain. Claire, sa mère, ne lui

a jamais avoué qu'elle entretient en secret des liens réguliers avec lui. Difficile de dire à son fils que son père est en prison. Mais Léo découvre la vérité.

Revolver
de Marcus Sedgwick traduit de l'anglais (Grande-Bretagne) par Valérie Dayre
1910. Sig est seul dans une cabane au nord du cercle arctique. Son père est tombé dans un lac gelé, sa sœur et sa belle-mère parties chercher de l'aide. Un étranger survient, menaçant, réclamant le magot d'or volé...

Moi, mon frère et le nouveau
de Martha Heesen traduit du néerlandais par Emmanuèle Sandron
Les parents de Jan et Toon sont famille d'accueil. Les deux enfants biologiques vivent ces intrusions chacun à leur manière. Chaque arrivée dans la famille est l'occasion d'anecdotes tendres ou cruelles, drôles ou dramatiques.

Les Aigles ne tuent pas les mouches
de Luc Baba
Avant ce matin-là, Zoé allait son chemin tranquille. « Tu as reçu quoi pour tes quatorze ans ? – J'ai appris que j'étais laide. » Elle le sait grâce à Walter, son premier amour impossible. Elle décide alors de créer un club de moches, et trouve des volontaires !

Mayo ketchup ou lait de soja
de Gaia Guasti
« Beurk, elle pue ! » Voilà le sort d'Élianor réglé en un instant dans la cour de récréation. Mais elle s'en fiche, Élianor, elle cultive sa différence. La preuve, elle a volontairement banni sucre, viande et lait de vache de son alimentation. Pour gagner son amitié, Noah est prêt à rallier sa cause.

Le Cantique des elfes
de Myriam Chirousse
Dans *Ultramonde*, Lady Kerridwen rencontre Lupus Negrus, un personnage très séduisant. Jessica, dans la réalité, ne vit plus que pour les mails enflammés de Lupus Negrus et leurs rendez-vous au château d'Osgarth. Jeu en réseau, amour virtuel ou réel, lequel est le plus exaltant ?

Quand un amant passe
de Mats Wahl traduit du suédois par Agneta Ségol et Marianne Ségol-Samoy
Tom ne se sent plus compris par personne. Le voisin, Karl Berger, un vieil Allemand au passé obscur, lui demande de l'aider à entretenir son jardin. Il semble bien connaître sa famille et, pourtant, sa mère ne veut pas en entendre parler. Tom est animé de sentiments violents et contradictoires qui vont bouleverser sa vie, celle de sa famille.

Camille aime pas danser
de Marie-Sophie Vermot
Anastasia dévore la vie à pleines dents. Camille est plus jeune, plus réservée. Elles sont sœurs et vivent avec leur mère dans une maison

perdue au bout d'une presqu'île. Après une aventure d'un soir, Anastasia n'arrive pas à s'avouer qu'elle est enceinte.

Vert jade rouge sang
de Pascale Maret
Ko Myo va retrouver son frère Naing Lin, parti chercher fortune dans les mines de jade, loin de Rangoon. Après un long trajet, Ko Myo le retrouve en piteux état. Le travail dans la mine est épouvantable, les conditions de vie terrifiantes.

Comme chiens et chats
Collectif
Neuf nouvelles sur le thème des relations fraternelles avec des sensibilités, des registres différents, des histoires qui puisent souvent dans la biographie revisitée des auteurs.

Marre de l'amour
de Maud Lethielleux
Des parents qui s'aiment, se tiennent la main, roucoulent les yeux dans les yeux, tous les enfants en rêvent ! Pas si sûr, Pierrot lui, n'y voit que des inconvénients. Avec ses copains, il va tenter de faire « désaimer » ses parents.

Ces années blanches
de Julie-Jacob Cœur
Marie, sa vie, elle l'aimait bien. Mais à la maison rien ne va. Rose, la faute à Rose, sa sœur aînée, qui n'en finit pas de s'égarer, de plonger dans les embrouilles. Après des années de compassion, Marie en a assez, elle veut vivre sa vie d'ado.

L'Interrogatoire de Gabriel James
de Charlie Price traduit de l'anglais (États-Unis) par Valérie Dayre
Témoin de deux meurtres, Gabriel James doit s'expliquer devant la police. Oui, il était amoureux d'une fille et n'acceptait pas d'être éconduit, mais pourquoi cela a-t-il déclenché une série de drames, ébranlant toute la petite ville ? Les policiers veulent tout savoir, tout comprendre.

Tifi en Haïti
de Valérie Lacroix
Après le tremblement de terre qui a ravagé son île, Starling a trouvé un semblant de paix avec Monsieur Neptune. Aussi elle n'a pas envie de recevoir les lettres de Lucie qui lui écrit de France.

Ultraviolet
de Nancy Huston
Dans son journal, Lucy écrit tout ce qu'elle ne peut pas dire à haute voix. À treize ans, les idées se bousculent dans sa tête et les sensations dans son corps. L'arrivée du docteur Beauchemin à la maison lui offre un interlocuteur troublant.

Comment je suis devenue flic
de Anne et Marine Rambach
Alice a deux choses à dire à sa mère pour fêter l'anniversaire de ses

quinze ans. Un : le Muffin Palace fait les meilleurs muffins du monde. Deux : elle veut devenir flic.

Un cargo pour Berlin
de Fred Paronuzzi
Elle s'appelle Nour – Lumière, en arabe – et elle porte bien son nom. Quand elle succombe au charme envoûtant d'Idriss, elle ne se doute pas, alors, qu'aimer peut être une faute... Il lui faudra fuir, pourtant, devenir Youness.

Tout le monde est une idole
de Marie-Sophie Vermot
Matthias Vernier ne sera plus jamais le même. Mademoiselle Prince est morte, avec elle les 28 autres élèves de la seconde 4. Il est le seul rescapé. Oublier, refuser le chagrin, Matthias part au sud de l'Italie, chez ses grands-parents.

Coline, 17 ans, dans la rue
de Valérie Lacroix
Coline en a marre de tout. Alors elle se casse, disparaît, s'enfuit. Elle apprivoise les rues de Lyon avec son chien qui la protège, et refuse tout lien avec sa vie d'avant. Elle sait bien que cela ne durera pas mais cette « vacance » sociale lui est nécessaire.

Jean II le Bon
de Fabrice Vigne
Quatre ans après l'écriture de Jean Ier le Posthume, Arthur, Stan et Elsa feraient bien un autre roman plus conséquent mais dans la même veine, celui de Jean II le Bon. Les voilà partis pour de longues conversations où chacun défend âprement sa vision de la littérature.

Granpa'
de Christophe Léon
Depuis ses sept ans, John vit avec son grand-père et partage ses convictions. Quand il s'agit de lutter contre l'Arizona Oil Company pour préserver les terres de Granpa', John ne réfléchit pas.

Prisonniers du chaos
de Roland Godel
Maxime passe ses premières vacances sans sa famille dans une île du Sud. Parti en excursion avec Maria et Ange, les enfants de sa logeuse, il se retrouve bloqué dans la montagne par une incroyable tempête. Au retour, rien ne sera plus pareil.

L'Odyssée d'Alizée
de Gisèle Pineau
Adolescente noire dans une famille blanche, Alizée a été adoptée. À treize ans, elle aimerait en savoir plus sur sa famille biologique, retourner en Haïti.

CET OUVRAGE A ÉTÉ ACHEVÉ D'IMPRIMER
EN DEUX TEMPS POUR LE COMPTE
DES ÉDITIONS THIERRY MAGNIER
PAR L' IMPRIMERIE SEPEC À PÉRONNAS (01)
EN JANVIER 2016 (3e ÉDITION)
DÉPÔT LÉGAL : MAI 2014
N° D'IMPRESSION : 12004150189

Imprimé en France

IMPRIM'VERT®